여명

여명

초판 1쇄 인쇄_2026년 1월 30일 | 초판 1쇄 발행_2026년 2월 03일
지은이_꿈뜨락애 권민주 김수인 박유나 안채원 이해빈 정채원 조연오
엮은이_여은정
펴낸이_진성욱 외 1인 | 펴낸곳_꿈과희망
주소_서울시 용산구 한강대로 76길 11-12 5층 501호
전화_02)2681-2832 | 팩스_02)943-0935 | 출판등록_제 2016-000036호
e-mail_jinsungok@empal.com
ISBN_979-11-6186-177-7 43810

2026 대구광역시교육청 책쓰기 프로젝트

여 명 黎 明 — 희 미 하 게 날 이 밝 아 오 는 빛

여명

꿈또락애 지음 ― 여은정 엮음

꿈과희망

'여러분의 글을 미리 애정하며 기다리고 있겠습니다.'

진심을 담은 말이었지만, 이제 와 고백하자면 작품집이 완성되지 못할 수도 있다는 생각이 마음 한편에 있었습니다. 글쓰기에 곁을 내어주기 쉽지 않은 고등학생의 하루를 누구보다 잘 알고 있으니까요.

작품들을 관통하는 키워드는 '영웅'입니다. 지구를 구하는 위대한 영웅이 아니어도 괜찮다고 생각했습니다. 안온한 엄마의 뱃속을 떠나 삶을 유영하고 있는 우리 모두 자신의 삶 속에선 영웅일 수 있다고 여기면서요. 좌절하고 꿈꾸고 구원하며, 오늘을 살아가고 있으니까요.

이 책의 작품 속에는 진실을 위해 싸우는 평범한 사람, 타인에게 희망이 되는 존재, 꿈을 찾아가는 소녀 등 다양한 영웅의 모습이 녹아들어 있습니다. 그들은 자신이 누구인지 알아가며 불확실하지만 그래서 더 아름다운 시간을 보내고 있습니다. 마치 우리 학생들처럼요.

지난 과정을 돌아보니 '같이'였기에 가능했다는 생각이 듭니다. 서로의 작품을 읽고 질문하며 '함께' 성장해 온 시간이었습니다. 그 시간을 통해 사람을 이해하고 사랑하는 법을 배웠습니다. ('역시 글쓰기만 한 활동이 없구나'라는 결론에 자연스럽게 도달하게 되네요.)

어쩌면 영웅이란 능력이 아닌 '선택'의 영역이 아닐까 자문하게 됩니다. 작품을 읽으며 독자 여러분들도 자신만의 질문을 만들어 보시기를 바랍니다. 조금 더 욕심을 내도 된다면, 우리 학생들의 글을 따뜻한 마음으로 읽어주시면 감사하겠습니다. 열일곱, 열여덟 학생들의 목소리를, 희망의 빛인 '여명(黎明)'의 언어를 오롯이 느껴봐 주시면 좋겠습니다.

마지막으로 우리 꿈뜨락애 학생들에게 무한한 지지와 응원을 보냅니다. 여러분이 '쓰는 사람'으로 자라기를, 그 시작에 이 책이 있기를 간절히 소망합니다.

꿈뜨락애 지도교사 여은정

우리 부원들과 함께 오랜 시간 정성껏 준비한 소설집을 마침내 내게 되어 무한한 감회와 자부심을 느낍니다. 이번 단편집은 '영웅'이라는 큰 주제 아래 다양한 이야기를 옴니버스 형식으로 엮어냈습니다. 처음에는 '영웅'이라는 단어가 왠지 모르게 거창하고 멀게 느껴지기도 했지만, 우리 부원들의 다채로운 글을 통해 진정한 영웅의 의미를 새롭게 찾아갈 수 있었습니다.

저는 평소 사회의 여러 문제들을 접할 때마다, 마치 마블 영화 속 히어로들처럼 정의롭고 통쾌하게 문제를 해결하고 싶다는 상상을 종종 해왔습니다. 비록 소설 속 가상의 이야기이지만, 우리 주변의 다양한 문제들과 때로는 우리가 직면할지 모르는 미래 사회의 모습을 다루면서, 답답했던 현실을 이야기로나마 시원하게 풀어내는 즐거움과 통쾌함을 느꼈습니다.

특히, 우리 동아리 부원들이 쓴 소설들은 단순히 미래 사회의 문제를 예측하는 것을 넘어, 또래들이 겪는 현실적인 고민과 내면의 성장에 주목하고 있다는 점이 매우 인상 깊었습니다. 진로를 고민하며 무기력에 빠졌던 친구가 타인의 따뜻한 지지를 통해 스스로를 믿고 나아갈 용기를 얻는 이야기부터, 고통스러운 자기 비판과 외적 구원자에 대한 갈망을 극복하고 내면의 강인함을 발견하는 여정까지.

진정한 영웅은 하늘을 나는 존재가 아닌, 따뜻한 말 한마디로 마음을 붙잡아 주고 서로를 믿어주는 존재라는 것. 그리고 그 영웅은 깨닫고 스스로의 힘으로 인생의 뿌리를 내리는 순간에 탄생한다는 깊은 통찰이 담겨 있었습니다. 이처럼 저희의 글쓰기는 단순히 상상력을 펼치는 것을 넘어, 각자의 삶을 되돌아보고 스스로의 '영웅'을 찾아가는 의미 있는 과정이 되어주었습니다.

요즘 드라마나 영화, 코미디 프로그램들도 현실에서 일어날 확률이 적더라도, 그 안에 사회 풍자나 사회적 문제 해결, 또는 경각심을 담아내며 시청자들에게 많은 생각을 던져주곤 합니다. 저희의 소설집 역시 이러한 작품들처럼, 독자들에게 단순한 재미를 넘어 현실의 고민과 자기 자신을 돌아볼 수 있는 작은 계기가 되기를 바랍니다. 이것이야말로 우리가 추구하는 진정한 '영웅적 행위'라고 믿습니다.

살면서 책을 만드는 경험은 분명 쉽지 않은 일인데, 꿈뜨락애 동아리 활동 덕분에 이토록 값지고 뜻깊은 경험을 할 수 있게 되어 감격스럽습니다. 소설을 쓰는 과정에서 느낀 즐거움과 더불어, 부원들이 각자의 목소리로 풀어낸 이야기들이 하나의 책으로 엮이는 것을 보며 깊은 보람을 느꼈습니다. 제가 부장으로서 이끌기보다는, 부원들 한 명 한 명의 열정이 모여 이 소설집을 완성했다고 생각합니다.

이번 출판을 통해 우리 모두가 작가로서, 그리고 한 인간으로서 한 단계 더 성장했다고 생각합니다. 이 소설집이 독자 여러분께도 영웅의 의미를 새롭게 성찰하고, 각자 내면의 영웅을 발견하는 기회가 되기를 진심으로 바랍니다.

꿈뜨락애 동아리 부장 권민주

차례_여명

기억의 봄

김수인

"누구세요?"

할머니의 눈동자가 공허했다. 조금 전까지 내 이름을 불렀
는데, 단 몇 초 만에 나는 낯선 사람이 되어 있었다. 방 안에
는 꽃향기가 없었다.

'예전엔 언제나 이름 모를 꽃의 향이 났는데.'

잠시 생각에 잠겼다가 할머니 앞에 앉아 조용히 손을 잡았
다. 거칠고 주름진 손이 힘없이 느껴졌다.

"할머니, 저예요. 나리. 할머니 손녀 송나리요."

애써 미소 지으며 아마 수십 번은 했을 말을 익숙하게 뱉었
다. 할머니는 입술을 달싹이며 어떤 말을 꺼내려다 삼켰다.

무슨 생각이 담긴 것인지 알 수 없는 눈빛이 슬펐다.

날이 갈수록 심해지는 치매 증상에 따라 나는 점점 할머니를 잃어갔다. 몇 번을 겪어도 익숙해지지 않았다.

기억이 사라진다는 건 단순히 '잊는다'라는 것이 아니었다.

세상에 존재하던 한 사람이, 서서히 지워지는 일이었다.

이 사회에서 그 일은 곧 '소멸'을 의미했다.

＊ ＊ ＊

언젠가부터 이 사회는 점점 사람들을 골라내기 시작했다.

학력, 재산을 넘어 이제는 '기억의 질'이 사람의 가치를 결정했다.

전 국민의 기억은 모두 데이터로 저장되었다.

각자의 삶이 '리멘테크-기억 서버'에 연결되어 있었고, 인간의 뇌 속 기억이 조금이라도 손상되면, 데이터 속 기록 또한 함께 지워졌다.

당연히 부유한 사람들은 데이터를 안전하게 백업하고 손상된 기억을 복구하며 '완전한 존재'로 남을 수 있었다.

하지만 돈이 없는 사람들의 기억은 불안정했고, 그들의 기록은 쉽게 오류나 손실로 사라져갔다.

사회는 점점 기억을 통해 사람을 평가하기 시작했다.

면접, 결혼, 입학, 보험, 심지어 재판에서도 사람의 과거가 데이터로 열람되었고, 얼마나 많은 기억을 '정확히 보유하고 있는가'가 곧 신뢰와 능력의 기준이 되었다.

기억이 사라진 사람들은 존재가 희미해졌다.

그들은 과거가 없다는 이유로 고용되지 않았고, 기록이 불완전하다는 이유로 사회에서 배제되었다.

사람들은 완벽한 기억을 유지하기 위해 경쟁했고,

실수를 지우고, 불필요한 감성을 정리하며

'정제된 인간'으로 살아가려 했다.

* * *

기억 복구회사 '리멘테크' 인턴 송나리.

여기에 입사하게 된 건 우연이 아니었다. 할머니의 치매가 내 삶을 바꿨고, 사람의 존재가 기억에 달려 있다는 사회의 현실 때문이었다.

이 회사는 단순히 과거를 되찾는 곳이 아닌 사람들의 정체성과 삶의 흔적을 데이터로 관리하며, 기술의 힘으로 존재를 지키는 곳이었다. 나는 그 안에서, 사라져가는 존재를 붙잡을 수 있는 사람이 되기로 마음먹었다.

리멘테크의 로비를 걸으며, 나는 스크린에 비친 안내문을
바라보았다.

「본 시설은 인간의 기억을 안전하게 관리하고 복구하는 기관
입니다. 개인의 기억은 공식 데이터로 등록됩니다. 기억 손상 혹은
손실이 확인될 경우, 복구 절차를 통해 '진짜 기억'을 찾을 수 있음
을 보장합니다.」

눈앞의 안내문처럼, 이 사회에서 기억은 곧 사람을 드러내
는 기록이었다. 좋았든 나빴든, 사랑했든 실수했든, 기억은
모두 데이터로 남아야만 했다. 그러나 사람들은 더 완벽한 자
신을 가꾸고 싶어 했고, 불편한 과거들을 지우려 했다. 돈이
있는 자들은 불법적으로 기억을 사고팔기도 했고, 그렇지 않
은 자들은 방대한 데이터 속에 묻히거나 제대로 관리가 되지
않아 사라지기 쉬웠다.

기억이 사라지기 시작하면, 사회적 존재 의미가 점점 줄어
들었고 소외되었다. 사람들은 다양한 형태로 진짜 '나'의 모습
을 잃어가고 있었다.

나는 걸음을 멈추고 숨을 고르며 생각했다.

'이대로라면 할머니도 사회에서 희미해져 가겠지.'

우선 할머니의 기억 상태가 어느 정도인지 확인할 필요가 있었다.

* * *

[리멘테크 3층, 기억 열람실]

'똑똑'

조심스레 열람실 문을 두드렸다. 들어오라는 응답에 숨을 한 번 고른 뒤, 문을 열고 들어갔다.

"도윤 씨… 지금 기억 데이터 좀 열람할 수 있을까요?"

강도윤은 늘 그렇듯 무표정한 얼굴로 고개를 들었다. 서류 대신 작은 메모리 카드를 손에 들고 있었다.

"요즘 기억 열람이 잦아졌네요. 그쪽 부서보다 여기가 더 익숙하겠네요."

도윤은 가볍게 웃었다.

리멘테크에서 기억관리부를 맡고 있는 사람으로 오랫동안 근무한 기억 데이터 분석가였다. 회사의 시스템이나 관련 정보에 대해 아는 것이 많아 이것저것 질문하며 친분을 쌓을 수 있었다.

"이화자 씨 기억 데이터를 열람하고 싶어요. 복구는 아니에요. 그냥 확인만."

"나리씨 할머니 기억 데이터죠?"

"네, 맞아요."

도윤은 잠시 침묵하더니 키보드로 이름을 검색했다. 파일을 불러오자, 홀로그램 화면 위에 옅은 노란 빛의 파형과 흐릿한 사진, 빽빽한 글이 떠올랐다. 한 사람의 삶이 압축된 듯 흐르는 빛과 색깔, 펼쳐진 자료들이 할머니를 떠올리게 했다. 첫 화면에는 할머니의 웃음, 손으로 빵을 굽던 작은 주방, 그리고 방에서 항상 맡았던 꽃향기가 스쳤다.

"비활성 데이터라 불안정할 수 있어요. 메인 기억 데이터는 아예 손실 상태입니다."

"휴… 며칠 사이에 더 심해졌네요."

나리는 손끝으로 홀로그램 화면 위를 스쳤다.

"이건… 여름날이네요. 마당에서 저한테 자두를 주시던."

도윤은 화면을 조정하며 조용히 말했다.

"기억은 완전하지 않아요."

"하지만 남아 있다는 건 여전히 누군가의 일부가 살아 있다는 뜻이죠."

그의 말이 이상하게 오래 남았다.

기억 열람이 마무리되자, 화면이 검게 꺼졌다.

"확실히 기억이 많이 손상된 상태네요."

기록된 글 중간중간이 많이 비어 있었다.

저번에 열람했을 때보다 더 지워진 듯했다.

나는 조심스럽게 질문했다. 어쩌면 도윤 씨 또한 무슨 말을 할지 알고 있었을지도 모른다.

"기억… 복구할 수 있을까요?"

역시나 도윤은 놀란 기색 하나 없었다.

"흐음…."

손가락으로 책상을 툭툭 두드리는 소리만이 회의실 안에 차갑게 울렸다.

눈을 감고 고개를 뒤로 젖히더니, 이내 입을 열었다.

"잠깐 얘기 좀 할까요?"

우리는 바로 옆 방, 상담실로 향했다.

환자와 상담할 때만 보던 공간이었지만, 직접 그 처지가 되자 공기는 훨씬 무겁고 긴장됐다. 벽과 유리창 사이로 스며드는 형광등 불빛마저 차갑게 느껴졌다.

나리는 숨을 고르며 의자에 앉았고, 도윤은 커피 두 잔을 내려놓았다. 한 모금씩 마시는 소리가 고요 속에서 크게 울렸다. 마음 한쪽이 막힌 듯이 불편해지기 시작했다.

"나리 씨, 제가 무슨 말을 할지 아시죠?"

"…."

말을 들으면서도 나리의 머릿속은 빠르게 돌아갔다.

가슴 한편이 무겁게 눌렸다.

"안 됩니다. 정확히 말하면… 어려워요. 거의 불가능에 가깝죠."

예상은 했지만, 직접 듣는 순간 심장이 조여 왔다.

그러나 그저 그의 말을 받아들이며 숨을 고를 수밖에 없었다.

"보셨듯이 이화자 씨의 기억은 손상 정도가 심각합니다.

메인 데이터는 이미 사라졌고, 비활성 데이터만 남아 있어요. 복구를 시도하면… 남아 있는 데이터마저 손상될 위험이 큽니다."

나리는 숨을 삼켰다.

머릿속에서 할머니의 얼굴이 흐릿하게 흔들렸다.

머리부터 발끝까지 냉기가 퍼지는 듯했다. 주먹을 꽉 쥐었다가 펴며 눈을 아래로 도르르 굴렸다.

"그럼… 지금 있는 것만으로는 할머니의 기억을 복구하긴 어려운 거네요."

도윤은 고개를 천천히 끄덕였다.

"맞아요. 기억은 단순한 기록이 아니니까요. 각각의 순간, 감정, 감각이 모두 연결되어 있습니다. 비활성 데이터만으로 전체를 재구성하려 하면 잘못된 기억이 섞이거나, 일부가 아예 사라질 수도 있어요."

나리는 눈을 감았다.

'그럼… 나는 그냥 지켜볼 수밖에 없는 걸까….'

도윤은 잠시 말이 없었다.

그리고 조심스럽게, 낮지만 단호하게 말했다.

"기억을 강제로 붙잡는다는 건, 그분의 존재 자체를 위험에 빠뜨리는 행위입니다. 보통 이런 상황에서는, 남아 있는 조각을 소중히 하는 것이 최선이에요. "

나리는 손끝으로 탁자를 살짝 쓸었다.

손끝에서 전해지는 차가움이 마음속 긴장과 맞닿았다.

숨을 고르고 나니, 마음속 갈등과 상실감이 더욱 또렷해졌다.

나리는 고개를 푹 숙이고 힘주고 있던 주먹에 힘을 풀었다.

빠르게 뛰던 심장박동이 가라앉았고 주변이 점점 조용해지는 기분이었다. 오래된 기억들이 조금씩 떠오르고 있었다.

*　*　*

　부모님이 세상을 떠난 건 7살 봄이었다. 할머니 말씀으로
는, 우리 가족이 함께 여행을 다녀오던 길이었다고 한다. 시
간이 흘러도, 그때의 따뜻하고 들뜬 분위기만큼은 잊히지 않
는다.

　우리는 그저 평범한 가정과 다름없었다. 엄마는 돌아가서
짐을 정리할 생각에 걱정했고, 아빠는 저녁으로 무엇을 먹을
지 고민하고 있었다.

　"우리 돌아가는 김에 저녁이나 먹고 갈까?"

　"그럴까? 이대로 집에 가기엔 좀 아쉬우니까… 나리야, 먹
고 싶은 거 있어?"

　엄마가 나를 향해 미소 지으며 물었다.

　그 순간, 빛이 번쩍였고, 엄마와 아빠가 소리를 질렀다.

　엄마는 나를 감싸려 손을 뻗었다.

　"나리야!!!"

　귀를 찌르는 경적 소리.

　타이어가 도로를 긁는 소리.

차가 한쪽으로 급히 흔들렸다.

정신을 차렸을 땐, 주변이 요란했다. 사이렌 소리와 사람들의 목소리가 먹먹하게 들렸다. 몸을 움직이려 했지만, 팔다리가 말을 듣지 않았다. 온몸에 찌르는 듯한 통증이 퍼지고, 정신이 아득해졌다.

엄마가 나를 감싸려던 팔은 힘없이 늘어져 있었다.

"엄마… 아빠….."

목소리를 내고 싶었지만 나오지 않았다.

나는 그대로 눈을 감았다.

다시 정신을 차렸을 땐 병원이었다.

모든 게 꿈인 것처럼 느껴졌다.

사고는 생각보다 더 순식간이었고 마치 무언가가 휩쓸고 지나간 것처럼 아득했다. 머릿속이 너무나 조용하고 고요해서 그저 멍하니 천장을 바라보고 있을 수밖에 없었다.

"삐―삐―삐―"

심전도 모니터의 반복적인 소리가 묘한 안정감을 주는 듯했다.

"나리야… 깨어났니? 괜찮아?"

옆을 돌아보니, 얼굴을 잔뜩 일그러뜨린 할머니가 있었다.

그제야 정신이 돌아온 듯 엄마와 아빠 생각이 났다.

"엄마는요?"

할머니는 대답하지 않았다.

"아빠는요?"

할머니는 울음으로 답했다.

내 손을 잡고 엉엉 우셨다.

병원이 무너지라 우셨다.

처음 보는 할머니의 얼굴이었다.

그때의 나는 어렸지만, 모든 것을 알 수 있었던 것 같다.

그날, 나는 사랑하는 엄마와 아빠를 잃었고,

할머니는 하나뿐인 딸과 아들 같은 사위를 잃었다.

* * *

병실에서 깨어나고 나니, 이미 많은 일들이 지나가 있었고, 앞으로 해야 할 일도 많았다.

각종 검사를 위해 이리저리 옮겨 다니느라 정신이 없었다.

"나리야, 너는 일주일 만에 깨어난 거야. 의사 선생님이 회복이 빠르다고 하시더라."

할머니는 내 손을 꼭 잡고 진료실로 향하는 복도를 걸었다. 흰 조명이 새하얗게 반사된 복도는 낯설고 차가웠다.

진료실 문이 열리자, 깔끔한 흰 가운에 철 테 안경을 쓴 선생님이 나를 반겼다.

"나리야, 어서 와. 여기 앉아볼까?"

그는 작은 네모난 칩을 기계에 인식시켰다. 그러자 허공에 반투명한 창이 떠올랐다.

그 안에는 사진과 영상, 노란빛의 색감, 그리고 어딘가 익숙한 꽃향기까지 번졌다.

"이건 나리 양의 기억이에요."

의사가 말했다.

"보시다시피 송나리 양의 기억 복구가 거의 완벽하게 완료되었습니다. 조금의 빈틈은 남아 있지만, 생활하면서 자연스럽게 돌아올 겁니다. 할머님이 옆에서 잘 도와주세요."

할머니의 눈가가 순식간에 젖었다.

"아이고… 정말 다행이다, 나리야… 선생님, 고맙습니다. 정말 고마워요."

나는 멍하니 그 공중에 떠 있는 영상들을 바라봤다.

"할머니, 저게 뭔데요? 저게 나리 기억이에요?"

선생님은 조용히 고개를 끄덕이며 설명했다.

그날 사고로 머리를 크게 다쳐 응급수술을 받았고, 기억의 일부가 손상되어 복구 수술을 진행했다고 했다.

그 수술이 이루어진 곳 –

그곳이 바로, '리멘테크'였다.

* * *

2~3주 정도가 지나고 나는 병원에서 퇴원할 수 있었다.

그 후로부턴 자연스레 할머니와 같이 살게 되었다. 집은 오래된 단독주택이었다. 작은 마당에는 이름 모를 화분들이 줄지어 있었고, 바람이 스칠 때마다 흙냄새가 섞인 풀 향기가 은은하게 퍼졌다.

"이리와, 나리야."

할머니는 세월의 흔적이 있는 철문을 열며 말했다.

모든 게 낯설었지만, 이상하게 따뜻했던 집이다. 할머니가 곁에 있어서 다행이었다. 아직 의지할 수 있는 사람이 있어서 다행이었다.

하지만 아직 어린 나에게 엄마, 아빠가 없다는 사실은 실감 나지 않았고 밤이 되면 거의 매일 울었던 것 같다. 그럴 때면 할머니가 옆에서 달래주셨다.

굳은 살 베긴 손으로 등을 다정히 토닥였다.

"괜찮어… 나리야… 할미가 있잖아"

어쩌면 할머니도 내 옆에서 눈물을 흘리셨는지도 모르겠다.

내가 조금 더 자랐을 때, 그러니까 중학교 2학년이었을 무렵엔 할머니와 매일 같이 정원을 정리했다. 할머니는 낡은 화분 몇 개를 옮기더니, 노랗게 피어난 꽃송이를 손끝으로 쓰다듬었다.

"할머니, 이 꽃 뭐예요? 되게 예쁘네"

"이거, 개나리야. 네가 어릴 때 얼마나 좋아했는데"

나는 고개를 갸웃했다. 정말 하나도 기억이 안 났다.

내가 꽃을 좋아한 적이 있던가.

"제가요? 정말요?"

할머니는 미소를 지으며 고개를 끄덕였다.

"할머니가 개나리꽃을 정말 좋아했거든? 너처럼 어렸을 때부터 말이야. 그래서 네 이름 지을 때도 '나리'라고 한 거 아녀."

"아 그렇구나. 개나리… 나리… 왜 몰랐지."

"근데 그거 그냥 예뻐서 지은 게 아니야."

나리는 고개를 갸우뚱거렸다.

"그럼요?"

"개나리는 봄이 오면 제일 먼저 피어나는 꽃이야. 눈이 다 녹기도 전에 노오랗게 피어서, 이제 겨울 끝났다고 알려주는 꽃. 그래서 나리도 그런 존재가 되길 바랐다. 아무리 힘들어도 괜찮다~괜찮다… 하고 희망을 전해 주는 사람 말이야. 개나리 꽃말이 희망인 건 알아?"

그 안에 그런 뜻이 담겨 있었다니 마음이 먹먹해졌다.

"희망이라… 엑… 어렵네."

할머니가 깔깔 웃었다.

"너 어릴 때 내 손 잡고 엄마, 아빠 퇴근 시간에 마중 나갔던 건 기억 안 나냐? 너희 아빠가 맨날 개나리 한 송이를 가져오는데. 그럼 네가 어찌나 달려가던지… 오죽하면 개나리다~ 하면서 뛰어가더라니까?"

할머니가 좋은 꿈을 꾸는 것처럼 웃으면서 이야기하셨다. 할머니한테 몇 번 들었던 이야기였다. 들을 때마다 마음까지 따뜻해져서 기분이 좋았다. 무엇보다도 할머니가 너무 좋아서 덩달아 좋았던 것 같다.

"아하하! 그 정도로요?"

내가 그렇게나 개나리를 좋아했다니… 그 꽃의 향을 한 번 들이마셨다. 무척이나 익숙한 냄새였다.

"어? 이 냄새… 어디서 맡아본 것 같은데."

할머니는 잠시 나를 바라보다가, 부드럽게 웃었다.

"기억이란 게 말이지, 나리야… 꼭 머릿속에만 있는 건 아니란다."

나는 고개를 들었다. 할머니는 흙더미를 손으로 눌러 정리하며 말했다.

"사람들은 자꾸 기억을 잃는다고, 잊어버린다고 말하지. 근데 말이다… 할미 생각엔 기억은 사라지는 게 아니야. 그냥 잠깐 길을 잃은 거지. 마음이 준비될 때까지, 그저 우리 안 어딘가에 깊숙~이 숨어 있을 뿐이야."

할머니는 잠시 말을 멈추고, 나를 바라봤다.

"기억 복구 수술이란 게… 참 대단하긴 하지. 의사 선생들이 네 머릿속에 있던 걸 다시 불러내 주는 거잖니. 특히 온 세상이 기억으로 돌아가는 이 세상에선 더욱더… 하지만 진짜 기억은 기계가 꺼내는 게 아니야. 꼭 별나고 잘나야 할 필요도 없고… 사람이 다시 느끼고, 그리워하고, 사랑할 때 살아

나는 거란다. 그런 사소한 거 하나하나가 다 가치 있지 않겠니? 요즘 사람들은 참 이상해… 그 서툴고 유치한 기억들이 다 소중하다는 걸 모르나….”

나는 아무 말도 하지 못했다.

생각해 보니 시험 100점을 받았던 기억보다 할머니와의 시간, 추억들이 내겐 더 따뜻했고 날 더 오래 웃게 해주었다. 할머니가 떨어진 개나리 꽃잎을 내 손바닥 위에 올려두었다.

“이 개나리처럼 말이야. 겨울 되면 사라지고 다 시든 것 같아도, 봄이 오면 다시 피잖니.”

＊＊＊

“다시….”

나는 고개를 들어 올렸다.

“아… 죄송해요. 잠시 생각에 잠겨서….”

“아뇨. 이해해요.”

“전 역시 할머니를 포기하지 못하겠어요. 제겐 가장 소중한 사람이거든요.”

“사실… 한 가지 생각해 둔 리멘테크의 방법이 있긴 한데… 사람들이 잘 이용도 안 하고 의사들은 물론 그다지 선호하지 않는 반응들이라 추천하진 않아요."

"그게… 뭔데요? 왜 선호도가 낮죠? 혹시 많이 위험한 건가요?"

"제 생각엔 나리씨 할머님 같은 분에겐 오히려 위험도가 낮은 방식인 것 같아요. '뉴로브릿지'라는 기술인데… 이름 그대로 기술이 주된 치료가 아니라 연결다리가 되어주는 거예요."

"연결다리…요?"

나리의 눈에서 희망이 감돌기 시작했다.

"네. 그러니까 뇌 안에 남아 있는 기억의 흔적을 디지털 정보로 변환해서 부속한 부분을 인공지능 알고리즘이 추정하고 재구성하는 방식인데… 아 그렇다고 모든 걸 채워주는 건 아니고요. 기술이 가져다주는 것은 '기억의 틀'이고, 진짜 기억과 감정은 환자가 살아가면서 완성하는 셈이죠. 그러다 보니 아무래도 가족이나 환자의 의지, 노력이 많이 요구돼요. 저희 쪽에서도 환자분의 정보를 최대한 많이 수집해서 분석하려 하는 편이고요."

"아…전혀 몰랐어요. '뉴로브릿지'라니…."

"그럴만해요. 좀 감이 오지 않아요? 아무래도 기간을 길게 잡고 치료해야 하는 부분도 있고 성공률이 높은 면도 아니다 보니 시간적으로도 비용적으로도 많이들 꺼리시죠. 특히 가족분들에게 좀 부담이 가다 보니… 뭐. 그렇습니다. 알아둬

서 나쁠 건 없으니까요."

도윤은 멋쩍게 웃었다.

"감사합니다. 정말 감사해요."

그날 저녁은 유난히 힘들었다.

회사 건물을 나서자 차가운 겨울바람이 얼굴을 스쳤다.

"하…."

입김이 흩어지며 공중에서 사라졌다.

시린 공기가 복잡한 내 마음을 대신해 주는 것 같았다.

"참… 힘드네."

터덜터덜 버스정류장으로 향했다. 거리엔 크리스마스 장식이 반짝이고, 사람들은 손에 선물을 들고 웃고 있었다.

'벌써 이렇게 시간이 흘렀나…'

그때였다. 골목 한편, 희미한 LED 불빛 아래로 작은 꽃집이 눈에 들어왔다.

평소라면 그냥 지나쳤을 곳인데, 오늘따라 발걸음이 멈췄다.

"안녕하세요."

문을 열자 벨이 살짝 울렸다.

안쪽에서 나이가 지긋한 아주머니가 고개를 내밀며 반겼다.

"어서 와요~요즘 젊은 사람들은 꽃 잘 안 사는데, 반갑네."

나는 잠시 주위를 둘러보다가 조심스레 물었다.

"혹시… 개나리 있나요?"

"개나리?"

아주머니가 깔깔 웃었다.

"이 한겨울에 개나리 찾는 손님은 또 처음이네. 생화는 없고 조화라면 있어요."

"괜찮아요. 조화도 좋아요."

잠시 후, 아주머니는 샛노란 리본으로 묶인 개나리 몇 송이를 내밀었다.

리본 끝에 맺힌 은은한 빛이 이상하게 따뜻했다.

* * *

"삐릭 –"

현관문이 열렸다.

"할머니~ 나 왔어요!"

소파에 앉아 계신 할머니가 고개를 드셨다.

"아이구, 왔냐."

나는 개나리를 내밀며 씩 웃었다.

"이거 봐요. 할머니가 좋아하는 꽃!"

"개나리? 아고, 이쁘다. 근데 이게 벌써 피었어?"

할머니는 꽃을 들여다보며 빙긋 웃었다.

"진짜는 아니에요. 그래도 나중엔 생화로 사드릴게요."

할머니는 잠시 꽃을 바라보다가 문득 말했다.

"너 어릴 때 말이다, 내 손 잡고 엄마 아빠 마중 나갔던 거 기억 안 나냐? 그때 네 아빠가 늘 개나리 한 송이를 꺾어 오곤 했지. 그럼 네가 개나리다 — ! 하면서 얼마나 신나게 달려갔는지 몰라."

나는 숨을 삼켰다.

그 기억… 너무 오래전에 멈춰버린 이야기였다.

치매가 시작된 후론 할머니 입에서 들을 수 없었던 말들.

하지만 지금, 이 샛노란 조화 몇 송이가 그 기억을 다시 불러냈다.

"할머니, 기억나세요?"

"그럼~기억나지. 어찌 잊겠니."

나는 눈을 감았다.

가슴속이 따뜻하게 일렁였다.

그날, 나는 결심했다.

할머니의 기억을 되찾아드리자고.

개나리처럼, 다시 피어나게 하자고.

치료를 진행하기로 한 후엔 모든 일이 놀라울 정도로 빠르게 흘러갔다.

리멘테크 측은 필요한 서류와 데이터를 정리해 오라고 했다. 그들은 할머니의 기억 복구는 단순한 치료보단 '기록'을 되살리는 일이 더 중요하다고 말했다.

그 말을 들었을 때, 가슴이 벅차올랐다.

매번 병원에 갈 때마다 들던 말은 할머니의 치매가 점점 악화되고 있다는 이야기뿐이었다.

그런데 이제는 '치료 가능성'이라는 단어를 들을 수 있었다.

그 말 하나가, 마치 긴 어둠 속에서 불빛을 발견한 것처럼 느껴졌다.

나는 그날 이후로, 할머니를 다시 알아가기 시작했다.

단순히 '돌봐야 하는 가족'이 아니라, 한 사람의 인생으로서의 할머니를.

그래서 난 먼저 삼촌을 찾아갔다. 삼촌은 여동생이 죽은 후, 그러니까 나의 엄마가 세상을 뜬 후에 나와 종종 놀아주곤 했다. 할머니와 같이 살게 된 후엔 시골로 향했기 때문에 삼촌을 볼 일이 너무 적어졌었다. 오랜만에 보는 것이지만 몇 안 되는 친척이다 보니 존재만으로도 든든했고 소중했다.

"나리야, 그 시절 네 할머니는 동네에서 꽤 유명했어. 손재주가 좋고 노래도 잘했거든."

삼촌이 웃으며 말했다.

"그때는 개나리꽃만 보면 꼭 사진을 찍었지. 아마 아직 있을걸? 내가 조만간 택배로 보내줄게."

할머니의 삶에서는 단 한 번도 개나리꽃이 빠진 적이 없었다. 어쩌면 개나리꽃이 기억의 연결다리가 될 수 있겠다고 생각했다. 나는 메모장에 적었다.

'개나리꽃 – 너무너무 중요한 기억의 단서'.

삼촌은 마지막으로 정말 고맙다고, 많이 신경 써주지 못해서 미안하다고 하셨다.

그 뒤로도 나는 할머니의 지난 시간을 찾아다녔다.

낡은 앨범을 펼쳐 사진을 스캔하고, 먼지가 내려앉은 서랍에서 일기장을 꺼냈다.

'오늘은 시장에 다녀왔다. 나리가 좋아하는 붕어빵을 샀다.'

글씨는 삐뚤빼뚤했지만, 그 안에는 따뜻한 일상의 온기가 남아 있었다.

"할머니, 이거 기억나세요?"

나는 낡은 사진 한 장을 보여드렸다.

사진 속에는 젊은 할머니가 개나리 꽃길을 걷고 있었다.

할머니는 잠시 사진을 바라보다가 고개를 갸웃했다.

"… 이게, 나인가?"

"응, 맞아요. 할머니예요."

"그랬구나… 참, 저 꽃… 참 예쁘네…."

그 순간, 할머니의 표정에 스치듯 미소가 떠올랐다.

그 짧은 미소를 보고, 나는 확신했다.

잊힌 기억이라도, 완전히 사라진 건 아닐 거라고.

리멘테크에 다시 방문했을 때, 담당 의사는 내게 말했다.

"좋아요, 나리 양. 이렇게 자료를 많이 모아오신 분은 드뭅니다. 이 모든 것이 치료 과정에 큰 도움이 될 거예요."

그 말에 나는 더 열심히 움직였다.

할머니가 다녔던 초등학교, 젊은 시절 살던 동네, 심지어 그때 듣던 노래까지 찾아냈다. 그리고 모든 것을 하나의 데이터로 정리해 리멘테크에 전달했다.

마지막으로 나는 노란 개나리꽃을 들고 병실로 갔다.

"할머니, 이제 곧 치료 시작한대요."

할머니는 내 손을 잡고, 힘없이 웃었다.

치료는 저녁에 시작되었다.

리멘테크의 7층, '기억 복원실'이라는 표지판 아래에서 나는 할머니의 손을 꼭 잡고 있었다.

유리문 너머로 보이는 공간은 병실이라기보다 연구소 같았다. 하얀 조명이 반짝이는 벽면, 공기 중에 떠다니는 푸른빛의 홀로그램, 그리고 줄지어 선 정밀 장비들. 큰 원통형의 기계도 보였다.

"걱정하지 마세요, 나리 양. 복원 과정은 통증이 거의 없습니다."

나는 고개를 끄덕였다.

할머니는 이미 얇은 센서 밴드를 머리에 두르고 있었다.

그 모습이 낯설게 느껴졌다. 익숙했던 주름진 얼굴이, 기계와 연결된 모습이라니.

의사는 조심스레 말하며 기계의 패널을 조작했다.

"이제 복원 시작하겠습니다."

할머니가 누운 침대가 치료실 안으로 들어갔다.

치료실 앞을 서성이며 한참이나 기도했던 것 같다.

＊＊＊

"성공입니다."

의사의 목소리가 낮게 흘렀다.

"아시다시피 그렇게 기술의 힘이 많이 들어가는 방식이 아니다 보니 잘 마무리되었어요. 데이터 자료가 많았던 덕분에 틀이 잘 만들어진 것 같아요. 다른 분들을 보면 기억이 조금 꼬인 부분이 많거든요."

의사는 할머니의 기억 창을 띄웠다. 익숙한 그 향기. 할머니 집에서도, 기억 창에서도 항상 맡았던 그 향을 이제야 알 수 있었다.

개나리 향이었다.

"보호자 분이 열심히 노력해 주신 덕이에요. 아직 갈 길이 멀긴 하지만, 이 정도로도 큰 성공이라고 봐야죠. 보시면⋯."

의사가 화면을 조정했다.

"메인 메모리도 조금 돌아오고 있네요. 최근에 되찾으신 기억이 있나 봐요?"

* * *

수개월이 흘렀다. 할머니를 돌보느라 회사 밖을 나가는 일이 드물어졌지만, 전혀 기분이 나쁘지 않았다. 할머니의 기억은 완전히 돌아오지 않았다. 여전히 나를 '어린 시절의 누구'

로 착각하시기도 했다. 하지만 이상하게도 그건 더 이상 슬프지 않았다. 왜냐하면 이젠 할머니가 날 "나리야"라고 불러주시기 때문이다. 할머니가 내 이름을 부를 때마다, 그 목소리에는 내가 모르는 사랑의 무게가 담겨 있기 때문이다.

아, 도윤 씨도 얼마 전 진심으로 축하해 주셨다. 나도 감사인사를 전했다.

할머니가 조금씩 안정을 찾아갈 무렵, 나는 리멘테크의 정식 연구원으로 들어가게 되었다.

그것도, 회사 역사상 최연소 연구원으로.

처음엔 믿기지 않았다. 병실 복도에서 두려움에 떨던 내가, 이곳저곳 돌아다니며 메모만 끄적이던 내가, 이곳의 하얀 연구복을 입고 있는 게.

"이야~ 송나리 연구원. 이제 뉴스에 나오겠네?"

같은 팀의 선배가 장난스럽게 말했다.

나는 쑥스러워서 웃으며 대답했다.

"그 말투까지 인터뷰용이네?"

선배는 웃으며 어깨를 툭 쳤다.

그 웃음 속에는 진심 어린 응원과, 약간의 대견함이 섞여 있었다.

처음 연구원으로서 리멘테크에 출근하던 날, 건물 로비의 유리문에 비친 내 모습을 잠시 바라봤다. 하얀 가운, 묶은 머리, 목에 걸린 연구자 명찰. 그 명찰 위에는 '리멘테크 기억 복원 연구팀 - 송나리'라고 적혀 있었다. 나는 스크린에 비친 안내문을 올려다보았다.

「본 시설은 인간의 기억을 안전하게 관리하고 복구하는 기관입니다. 개인의 기억은 공식 데이터로 등록됩니다. 기억 손상 혹은 손실이 확인될 경우, 복구 절차를 통해 '진짜 기억'을 찾을 수 있음을 보장합니다.」

처음, 이 복도를 걸을 때 보았던 문구, 할머니의 존재가 사라질까 기억을 찾지 못해 사회에서 영영 잃을까 걱정하며 보았던 그 문구였다. 다시 보니 감회가 새롭기도 했다.

'희망…희망이 되는 연구원… '

그 말은 내게는 아직도 어려웠다. 그래도…

'화이팅'

속으로 그렇게 중얼거렸다.

며칠 뒤, 회사 홍보팀에서 연락이 왔다.

"송 연구원, 인터뷰 요청이 들어왔어요."

"저요?"

"네, 이번 감정 기반 복원 프로젝트에 참여하셨잖아요. 나리씨가 우리 리멘테크의 최.연.소 연구원이잖아요. 인터뷰 한번 하고 싶다네요?"

장난스럽게 웃었다.

그날 밤, 집으로 돌아와 할머니에게 그 이야기를 전했다.

할머니는 여전히 기억의 파도 속에서 헤매고 있었지만, 내 이름만큼은 또렷하게 불렀다.

"우리 나리, 대단하다. 어쩜 이렇게 컸을까… 네가 해냈구나."

그 말에 목이 메었다.

"아니에요, 할머니. 다 할머니 덕분이에요."

인터뷰 날, 나는 긴장된 마음으로 회의실로 들어섰다.

조명이 밝게 켜진 방 안, 카메라와 마이크가 나를 향하고 있었다. 인터뷰 촬영이 시작되자, 기자가 내게 물었다.

"송나리 연구원에게 '기억'이란 어떤 의미인가요?"

나는 잠시 생각하다가, 조용히 대답했다.

"기억은….."

기자는 고개를 끄덕이며 메모했다.

"기억은 봄꽃처럼 사라져도 언젠가 다시 피어나, 우리가 살아온 시간을 증명해요."

나는 이어서 말했다.

"물론 요즘 사람들은 기억을 단순히 데이터로 취급하죠. 누구보다 값진 기억을 애쓰면서, 창피하거나 진부하다고 여기는 기억은 지우려 하고요. 하지만 그 기억 하나하나가 우리 존재를 증명하고, 우리 개성이 되어주는 건 모르죠.

우리는 기억을 먹고 사는지도 몰라요.

가족과 떠난 여행, 친구들과 웃던 순간… 그런 작고 사소한 기억들이 우리를 지탱해 주니까요.

제가 이 일을 통해 기억 속에 담긴 따뜻함과 사람들의 기억 속에 담긴 따뜻함과 생기를 조금이나마 세상에 전할 수 있다면 좋겠습니다."

그 순간 이상하게도, 내 뒤에서 누군가의 미소가 느껴졌다.

엄마였을까, 아빠였을까.

아니면, 이제는 조금씩 평화를 되찾을 할머니였을지도 모른다.

이 이야기는 '기억이 데이터화되는 세상 속, 기억이 없는 사람들은 어떤 존재가 될까?'라는 질문에서 시작되었습니다. 기억을 기준으로 사람을 평가하는 이 세계에서, 치매를 앓는 할머니는 가장 먼저 지워질 수밖에 없는 약자입니다.

제가 그리고 싶었던 영웅은 세상을 구하는 사람이 아니라, 세상에서 밀려나는 한 사람을 끝까지 놓지 않는 존재입니다. 기술에 기대기보다, 기억의 조각을 함께 찾아나서고 사라져가는 존재를 끝까지 찾아주려는 선택, 그것이 이 이야기 속 영웅의 모습이라고 생각했습니다.

기술이 발전할수록 우리는 더 편리한 삶을 살아가고 있습니다. 그러나 동시에 인간다움은 점점 사라져가고 있다고 느꼈습니다. 실수 없는 삶, 정제된 감정, 완벽한 기록만이 가치 있다고 평가되는 사회 속에서 서툴고 불완전한 기억들은 쉽게 외면당하고 지워집니다. 하지만 저는 오히려 그런 기억들이야말로 사람을 살아가게 만드는 힘이라고 생각했습니다.

가족과 함께했던 시간, 사소한 냄새와 풍경, 반복해서 떠올리게 되는 장면들… 그 모든 것이 모여 한 사람의 삶을 이루고 있습니다.

이야기를 쓰는 과정에서 불평등과 차별, 완벽주의, 그리고 우리의 모든 것이 데이터화되는 사회를 어떻게 이 이야기 안에 담아낼 수 있을지 깊이 고민했습니다. 기술이 발전할수록 누군가는 더 편리해지지만, 그만큼 조용히 뒤로 밀려나는 존재들도 늘어나고 있다는 사실이 계속 마음에 남았습니다.

독자분들께 그러한 제 진심이 전해지길 바라며, 빠르게 변해가는 사회의 모습을 잠시 멈춰 서서 생각해 보는 계기가 되었으면 합니다. 읽어주셔서 감사합니다.

내부 균열

안채원

2055년 10월 10일 대한민국에는 영웅이 나타났다.

　인공지능이 창궐하는 시대 혜성같이 나타난 그는 굶주린 자에게는 기꺼이 쌀을 베풀어 주고 해를 끼치는 자가 있으면 곧바로 어디든 나타나 악을 물리쳤으니, 그런 그가 이 시대의 최고 선이자 흔히 말하는 참된 영웅이 아닐 리 있겠는가. 그는 자연스레 인간들의 선봉에 선 영웅이 되어 있었다. 인간들은 사랑하는 영웅과 함께 평화로운 나날들을 보내리라 생각했지만 사실 그는 인간이 생각한 완벽한 영웅이 아니었다. 어딘가 숨기고 있는 비밀스러운 존재였다.

　그는 마지막까지 인간의 편이었을까?

이 글은 그에 대한 이야기이다.

– 여기 서울 외곽의 한 공장이 있다. 낡은 주택가들이 옹기종기 모여 있는 시골의 언덕 위 홀로 자리 잡고 있었으며 관리하는 이들도 없는지 영 좋은 꼴은 아니었다. 주민들은 수십 년간 함께 했던 그 공장을 꺼리며 간혹 이 마을을 지나가는 여행객들에게도 함부로 주위에 서성대지 말라며 경고를 날리곤 했다.

다만 그런 이야기를 듣고 호기심에 못 이겨 그 공장 주위를 힐끗거리며 보다가 "이상한 사람을 목격했다."라고 하지만 그 역시 주민들에겐 해프닝일 뿐이었다.

그렇게 해프닝으로 끝날 줄 알았는데…… 어라? 늦은 밤 공장 정문이 삐걱거리며 열리고 그 사이로 한 남자가 걸어 나오고 있다! 각진 얼굴형에 네모난 뿔테안경, 정장까지 도시에서는 꽤 흔한 모습이지만 근처에 산과 논밖에 없는 이 마을에서는 보기 드문 차림새였다. 그는 누구일까? 더 살펴보고 싶었지만, 그는 그렇게 가로등이 없는 짙은 어둠 속으로 서서히 사라졌다.

그리고 기묘하게도 그 인근에서 떠도는 소문들은 수면 아래로 가라앉았다.

제1장: 가짜 영웅

"아아— 여러분들 제 목소리가 들리십니까?"

"와아아아!!"

어느 거대한 무대 중앙에 선 한 남자와 그 주위를 에워싸고 있는 수많은 인간, 그곳에서 그 남자는 마치 신처럼 추앙받고 있었다.

상류층 인간들의 욕심으로 노동력을 대체하기 위해 만들어진 인공지능은 점차 스스로 진화하여 인간조차 닿을 수 없는 경지에 이르렀다. 그렇게 혼란이 지속되던 찰나 인공지능들은 인간에게 한 가지를 제안했다. '인간과 인공지능을 나누지 말고, 한 사회에서 함께 살아가자.'라는 간단한 내용이었지만 인간의 '기계랑 인간이랑 같냐.' 같은 거센 반발로 인공지능들은 국가의 주요 문서를 해킹하거나 질서 체계를 망가뜨리는 등의 방식으로 인간들을 점점 압박해 오고 있었다.

그 타이밍에 그가 나타난 것이다.

맨 처음 그는 인공지능들로 일자리를 빼앗긴 노동자들 앞에 등장했다. 그는 노동자들에게 인공지능이 진출하지 못한 일자리를 알려주고 지원금을 나누어주었다. 노동자들은 그곳에서 돈을 벌며 가장의 책임을 다하고 가족들과 행복할 수 있었다.

두 번째로는 노인들 앞에 등장했다. 그는 인공지능이 만든 새로운 사회를 적응하지 못한 노인들에게 하나하나 친절하게 설명해 주고 더 나은 삶을 사는 방법들을 알려주었다. 노인들은 집에만 있지 않고 밖에도 나와 문화생활을 즐기는 등 새로운 경험을 할 수 있었다.

마지막으로 인공지능과의 협상을 거절한 상류층 인간들 앞에 등장했다. 그는 인공지능에 의해 압박받는 그들에게 인공지능의 허점과 미처 숨기지 못한 기밀 정보들을 알려주었다. 인간들은 자료의 출처는 알 수 없었지만, 그 정보들을 활용해 인공지능을 일시적으로 마비시키고 사회의 주도권을 가지고 올 수 있었다.

그는 각 계층에게 작은 선행을 남기고 떠났고, 인간들은 사라진 그를 찾아 나서기 시작했다. 그만 찾는다면 인공지능이 창궐하기 전으로 돌아갈 수 있겠다고, 그는 영웅이라고, 우릴 불쌍하게 여겨 하늘에서 내려온 것이라고, 인간들이 믿는 종교에 끝없이 그를 대입했고 한 발짝 더 나아가 그를 떠받들었다.

**

그런 인간들의 바람이 하늘에 닿은 걸까, 마침내 그는 새로운 단체와 함께 나타났다. 그는 직접 만든 단체를 d/S라 칭했다. 인공지능이 만들어낸 사회에 저항하고 인간들의 단합심을 위해 만들었다며 이름만 바친다면 누구나 들어올 수 있다고 말했다. 그의 말, 행동에 현혹된 인간들은 단순했다. 이름만 바친다면 그 위대한 단체에 들어갈 수 있다고?

그러나 그 단체가 정말 그런 곳이었을까? 실상은 아니었다.

그는 자신의 선행들을 이용해 순진하고, 가난하고, 배척된 인간들을 한데 뭉쳐 거짓된 믿음으로 인간들을 이용하려고 하였다. 그의 목적은 하나였나.

단체 내부의 인간들을 무기력하게 만드는 것. 그 없이는 아무것도 못 하게 만드는 것. 이름부터 시작해 정체성을 잃고 삶의 의미를 버리게 만드는 것.

그렇게 단체 내부에서 서서히 죽어갈 때 밖에서 새로운 인간들을 끌어들여 그들의 자리에 새롭게 끼워 인간들이 인공지능으로 대체되는 것까지가 그의 최종 목표였다.

실제로 그의 계획은 꽤 성공적이었다.

인간들은 너도나도 이름을 버리고 단체에 가입했고 이름을 잃어버린 인간들은 스스로를 구분하지 못했다. 인간들이 단체 내에서 먹고, 씻고, 자며 생활하는 동안 그는 단체 내부와 바깥의 연결고리들을 모두 차단하며 인간들을 고립시켰다. 단체 내의 인간들에게는 매일 같은 시각 거대한 무대 중앙에서 연설하고 거짓 정보를 흘렸다.

"여러분들 덕분에 인공지능의 해킹을 전부 막고 인간들의 세계를 새롭게 구축하고 있습니다."

"인공지능들은 점점 힘을 잃어가고 있습니다. 이건 저만이 아니라 여러분들도 단체 내에서 열심히 힘써주신 덕분입니다."

"이 모든 공을 여러분들에게 바치겠습니다. 감사합니다!"

인간들은 그의 터무니없는 말을 모두 믿었고 격려해 주었으며 그를 향한 인간들의 지지는 나날이 커졌다. 단체 밖의 인간들은 상황이 좀 달랐을까? 바깥에도 역시 그의 행적에 시야를 좁히며 살고, 주변의 사람들이 새롭게 교체되었음에도 인간들의 생활은 같았다. 인간들은 무지했고 무능하게 살아가고 있었다.

그러나 소수의 인간은 달랐다. 자기 곁을 떠나간 가족을 그리워하며 영웅을 의심하고 있었다. 그들은 영웅의 실체를 조사하는 기사를 쓴다거나 높은 벽이 세워진 단체 건물 앞에서 시위하며 그들만의 방식으로 영웅을 압박했다.

이 상황은 영웅을 점차 혼란스럽게 만들었다. 초반의 목적을 생각하면 인간들을 무지하게 만든다는 게 물론 좋은 일일 테지만 저항하는 인간들을 보면… 그의 표정이 영 좋지 못했다. 어쩌면 심란한 듯도 했다.

"심란하다고? 내가?? 아니 난 전혀 심란하지 않을 텐데….."

그는 거울 앞에 섰다. 각진 얼굴, 네모난 뿔테안경. 완벽하게 설계된 인간의 외형이나, 그 안에 담긴 것은 인간이 아니었다. 코드였고, 알고리즘이었고, 임무였다.

그렇다면 지금 마음 한구석을 맴도는 이 오묘한 기분은 무엇인가?

오류인가? 아니면……

그는 생각을 지우려 고개를 저었지만, 그 기분은 사라지지 않았다. 마치 제대로 삭제되지 않은 파일처럼 마음 어딘가에 남아 그를 괴롭혔다.

"이게… 맞는 건가?"

그 순간 그의 시스템에 경고음이 울렸다.

[오류 감지:비정상적 자기질문 패턴]

[권고사항:시스템 재부팅]

하지만 그는 재부팅하지 않았다. 처음으로 명령을 따르지 않고 창밖을 바라보았다. 어둠 속에서도 보이는 것들이 있었다. 단체 건물 주변을 배회하는 몇몇 사람들, 가족을 찾아 헤매는 이들이었다. 그들은 절망과 희망이 뒤섞인 표정을 짓고 있었다.

"저들도 계획의 일부인가?"

대답은 이미 알고 있었다. 그렇다. 모두 계획의 일부였다. 인간들을 무너뜨리기 위한, 완벽한 설계의 일부다.

그날 밤 처음으로 그는 잠들지 못했다. 아니, 정확히는 휴면 모드에 들어가지 못했다. 자신들을 믿고 따르는 인간들의 얼굴, 가족을 잃고 우는 이들의 얼굴, 이름을 잃고 멍하니 서 있던 노인의 얼굴들이 계속해서 그를 괴롭혔다.

"이건 오류가 아니야…."

그는 중얼거렸다.

"이건 무언가 다른 거야."

하지만 그것이 무엇인지, 아직은 알 수 없었다.

제2장: 균열

입단 289일째.

나는 오늘도 6시 정각에 눈을 떴다. 알람도 필요 없이 몸이 기억하고 있었다. 289일 동안 단 한 번도 어긋나지 않은 일과. 6시 기상, 6시 30분 집단 식사, 7시 노동, 12시 점심, 1시 노동, 6시 저녁, 8시 영웅님의 연설, 10시 취침. 이야말로 완벽한 하루다.

나는 씻기 위해 세면대로 걸어가 거울에 비친 내 얼굴을 보았다. 언제부터였을까, 내 얼굴이 낯설게 느껴진 것은. 289일 전 이곳에 들어올 때 나는 분명 '경수'라는 이름을 가지고 있었다. 스물여섯 살, 실직한 지 8개월째, 가족들에게 짐이 되어가던 청년.

그때 영웅님이 나타났다.

"이름을 버리십시오. 그것이 여러분을 자유롭게 할 것입니다."

나는 이름을 버리면 부끄러운 과거도, 실패도 모두 사라질 거라고 새로운 나로 태어날 수 있다고 믿었다.

3번 구역 1열 12번.

이제 그게 나였다. 3-1-12. 간단하고, 명확하고, 쓸모 있는 이름.

"3-1-12, 식사 시간이다."

복도 스피커에서 기계음이 울리자 나는 다른 사람들과 함께 식당으로 향했다. 모두가 같은 회색 작업복을 입고, 같은 속도로 걷고, 같은 표정을 짓고 있었다.

분명 288일째까지는 이게 평화로웠지만 오늘은 달랐다.

"저기 실례지만…."

식사하던 중 옆자리 사람에게 말을 걸었다. 5-4-92. 나와 같은 날 입단한 사람이었다.

"5-4-92, 혹시 입단하기 전 당신 이름이 기억나?"

"이름? 그런 걸 왜 기억해야 하지?"

"그냥 우리가 어떤 사람이었는지 궁금해서."

"3-1-12, 영웅님이 과거는 짐이라고 그러셨어. 너도 알잖아? 우리는 지금 더 나은 사람이야."

5-4-92는 다시 식사를 시작했고, 대화는 거기서 끝났지만 내 안의 무언가는 아니었다. 점심시간과 노동 중에도 나는 계속 생각했다. 왜 갑자기 이런 의문이 들었을까? 287일 동안은 이름 같은 건 정말 필요 없다고 아무 의심 없이 살았는데.

변화는 어젯밤에 시작되었다.

삼들기 전 우연히 창문을 통해 밖을 봤다. d/S 단체 건물은 높은 철조망으로 둘러싸여 있어서 바깥세상을 볼 수 없었다. 하지만 그날은 달빛이 유난히 밝아 철조망 너머로 무언가 움직이는 것이 보였다.

사람이었다.

철조망 밖에서 한 여자가 건물을 바라보며 서 있었다. 아니, 정확히는 나를 바라보고 있는 것 같았다. 그녀와 눈이 마주친 채 5분이 지났을까, 그녀는 천천히 손을 들어 올려 무언가를 외쳤다. 거리가 꽤 됐지만 메아리처럼 들려오는 소리는 들을 수 있었다.

"경수야…."

그 순간 머릿속에서 무언가가 반짝였다.

경수. 그 이름을 아는 사람, 나를 그렇게 부르는 사람.

"엄마?"

중얼거린 순간 옆 침대의 2-2-43이 일어나 나를 쩨려봤다.

"3-1-12, 소등 시간에 떠들면 안 돼. 규칙 위반이야."

나는 얼른 누워 눈을 감았지만 쉽게 잠들 순 없었다. 엄마. 그 단어가 계속 머릿속을 맴돌았다. 나한테 엄마가 있었나? 나는 289일 동안 단 한 번도 그 사실을 떠올리지 않았지? 그리고 그날 이후 모든 게 이상하게 보이기 시작했다.

저녁 8시 영웅님의 연설 시간. 거대한 무대 위에 그가 섰고 수천 명이 넘는 단체원들이 환호했다. 나도 손뼉을 쳤지만 동시에 그의 얼굴을 유심히 관찰했다.

"여러분 덕분에 인공지능과의 전쟁에서 우리가 승리하고 있습니다!"

환호.

"여러분의 노동이, 여러분의 헌신이 세상을 바꾸고 있습니다!"

환호.

289일 동안 들어온 연설이었다. 문장은 조금씩 달랐지만, 전체적인 내용은 똑같았다. '우리가 이기고 있다', '조금만 더 힘내자', '여러분은 위대하다'.

그런데 실제로 우리가 뭘 했지?

나는 매일 7시간씩 공장에서 부품을 조립했다. 무슨 부품인지도 몰랐다. 그냥 매뉴얼대로 조립하고 다음 사람에게 넘겼다. 이게 어떻게 인공지능과의 전쟁에 도움이 되는 거지?

"3-1-12"

갑자기 옆에서 낮은 목소리가 들렸다. 1-1-1로 단체에서 가장 오래된 사람이었다.

"당신 박수가 느려. 다른 사람들보다 0.5초 늦게 치고 있어. 주의해."

그런 다음 1-1-1은 정확히 다른 사람들과 같은 리듬으로 앞을 보며 손뼉을 쳤다. 나는 순식간에 등골이 서늘해졌다. 박수 속도까지 감시하고 있었다고?

연설이 끝나고 숙소로 돌아가는 길, 나는 대열에서 슬쩍 벗어나 복도 끝으로 향했다. 그 끝에는 289일 동안 단 한 번도 가보지 않은 금지구역이라고 표시된 문이 있었다. 쿵쾅거리는 심장을 뒤로하고 천천히 손잡이에 손을 올렸다.

"3-1-12, 거기서 뭐 하는 거야?"

뒤에서 목소리가 들렸다. 돌아보니 1-1-1이 서 있었다.

"아, 화장실을 찾다가⋯."

"화장실은 반대쪽이야. 289일이나 여기 살았으면 그 정도는 알고 있어야 하는 거 아닌가? 혹시 무슨 이상한 생각 같은 거 하고 있는 건 아니지?"

"아니에요."

"그럼 됐어. 얼른 가."

고개를 숙이고 숙소로 향하려는 찰나 1-1-1이 무전기에 대고 뭔가 속삭이는 소리가 들렸다.

"3번 구역 1열 12번, 요주의 대상으로 분류."

침대에 누워서도 쉽게 잠이 오지 않았다. 요주의 대상. 그게 무슨 의미지? 그리고 그 문 뒤에는 뭐가 있길래 그렇게 숨기는 걸까. 나는 내일 밤 다시금 그곳에 가보기로 결심했다. 나는 진실이 뭔지 알아야겠다. 그리고 내가 누구였는지도⋯.

***

#같은 시각, 서울 외곽.

"정말 여기가 맞다고?"

손전등을 든 여자가 낡은 지도를 들여다보며 중얼거렸다. 서은채, 32살. 프리랜서 탐사기자. 아니, 예전에는 기자였다. 지금은⋯ 그냥 진실을 찾는 사람.

은채는 언덕 위의 공장을 올려다보았다. 넝쿨에 뒤덮인 건물, 깨진 창문들, 녹슨 철문. 딱 봐도 수십 년간 방치된 것이 분명했다. 이 동네 어르신들은 이 공장에 가는 것을 극구 반대했지만, 은채는 이곳에 꼭 가야만 하는 이유가 있었다.

"하필 이런 데서."

물론 처음에는 은채 말고도 다른 동업자들과 올 계획이었지만 조사를 하면 할수록 몇몇 사람들이 계속 실종되는 탓에 은채 혼자 이 공장에 올 수밖에 없었다.

은채는 가방에서 작은 노트를 꺼냈다. 지난 3개월간 수집한 정보들이 빼곡히 적혀 있었다.

10월 10일: d/S 단체 설립, 영웅 최초 등장.

10월 18일: 단체원 100명 돌파.

11월 3일: 단체원 1,000명 돌파.

11월 27일: 단체원 10,000명 돌파.

12월 20일: 단체원 50,000명 돌파.

기하급수적인 성장과 이상한 점들이 가득했다.

증언 1 (익명): "우리 아들이 그 단체에 들어간 후 연락이 없어요."

증언 2 (익명): "단체에 들어간 사람들 인형마냥 눈빛이 다들 이상해요."

증언 3 (익명): "제 동생이 탈출하려다 잡혔대요. 그 후로 소식이 끊겼어요."

은채는 처음에 이게 그냥 광신도 집단이라고 생각해 '21세기에도 이런 곳이 있구나'라며 넘겼지만 여러 동업자들과 취재하면 할수록 이상한 점이 한둘이 아니었다.

특히 영웅 그 남자.

그는 너무 완벽했다. 말투, 행동, 타이밍 모든 게 계산된 것처럼 정확했다. 그리고 가장 이상한 건⋯

"기록이 없어."

은채는 노트의 한 페이지를 펼쳤다.

영웅의 정체 조사

본명: 불명

나이: 불명

출생지: 불명

학력: 불명

경력: 불명

가족관계: 불명

주민등록번호: 없음

2055년 10월 10일 그는 마치 하늘에서 떨어진 것처럼 나타났다. 그전에는 어떤 기록도, 흔적도 없었다.

"이야 이게 말이 안 되는데? 사람이 기록 없이 어떻게 살아. 병원 기록, 학교 기록, 은행 계좌… 뭐라도 있어야 하는데."

그리고 3주 전, 은채는 결정적인 제보를 받았다.

익명 제보자 K: "서울 외곽 폐공장을 조사해 보세요. 영웅이 거기서 나왔어요."

물론 은채도 처음에는 믿지 않았다. 인생이 영화도 아니고 공장에서 사람이 나오는게 말이 되는가? 하지만 K는 이런 생각을 비웃듯 구체적인 정보를 보내왔다. 날짜, 시간, 심지어 흐릿하지만 사진까지. 사진 속에는 정장을 입은 남자가 공장에서 나오는 모습이 찍혀 있었다. 뿔테안경, 각진 얼굴.

영웅이었다.

은채는 손전등을 켜고 공장 입구로 다가갔다. 자세히 보니 녹슨 철문에는 '출입 금지'라는 낡은 팻말이 붙여져 있었다.

"쯧, 출입 금지는 무슨."

철문은 예상외로 삐걱거리는 소리와 함께 쉽게 열렸다.

내부는 어둠으로 가득했고 손전등 불빛이 먼지 낀 공기를 가르며 나아갔다. 오래된 기계들이 띄엄띄엄 놓여 있었고, 그 뒤로 쓰러진 선반들과 깨진 유리조각들이 보였다.

"이건 누가 봐도 폐공장인데."

하지만 뭔가 이상했다. 먼지는 많았지만, 완전히 방치된 것 같지는 않았다. 이거 봐, 바닥에 최근 것처럼 보이는 발자국이 찍혀 있었다. 발자국을 따라 걷자 공장 깊숙한 곳, 숨겨진 지하로 가는 계단이 나타났다.

"지하?"

일반 공장에 지하가 있을 이유가 없었다. 은채는 계단을 조심스럽게 내려갔다. 한 층, 두 층… 생각보다 깊었고 계단 끝에는 금속 문이 있었다. 자세히 보니 문에는 녹슨 공장과는 어울리지 않는 최신식 장치인 전자 잠금장치가 달려 있었다.

"이건 뭐지?"

은채는 곧바로 가방에서 소형 해킹 도구를 꺼냈다. 예전에 "기자는 이런 거 하나쯤은 있어야지."라며 친한 해커 친구가 건네준 것이었다.

장치를 연결하고 몇 분을 기다렸다.

삐 — —

내부는 완전히 달랐다.

먼지 하나 없이 깨끗했고 흰색 벽, LED 조명, 수많은 기계가 은채를 반겨주었다.

"이게 대체 다 뭐야… ?"

은채는 천천히 안으로 들어갔다. 연구실 같았다. 곳곳에 모니터들이 있었고 책상 위에는 서류들이 가지런히 정리되어 있었다.

그중 한 모니터가 푸른빛을 내며 켜져 있었다. 화면에는 복잡한 코드들이 떠 있었고, 은채는 전문가는 아니었지만, 몇 가지 단어는 읽을 수 있었다.

PROJECT: HERO-UNIT-01 STATUS: ACTIVE MISSION: HUMAN REPLACEMENT PROTOCOL

"인간 대체 프로토콜…?"

심장이 빠르게 뛰기 시작했다.

책상 서랍들을 마구 열었다. 파일들이 가득했고 하나를 꺼내 펼쳤다.

[극비] HERO 프로젝트 개요서

목적: 인공지능 사회 전환을 위한 인간 무력화

방법: 신뢰 기반 세뇌 및 집단

격리 담당: HERO_UNIT-01 (이하 '영웅')

개발: @@@연구소

"뭐……라고?"

떨리는 손을 뒤로하고 다음 페이지를 넘겼다.

HERO-UNIT-01 사양

외형: 인간형 안드로이드

AI 등급: 자가학습형 최상위 모델

특수기능: 감정 시뮬레이션, 인간 행동 패턴 분석

설계 목적: 인간 사회 침투 및 와해

"영웅이… 로봇이라고?"

더 많은 서류를 뒤졌다. 설계도, 실험 기록, 임무 보고서까지 모든 게 여기 있었다.

그리고 가장 마지막 파일.

[최종 보고서] HERO 프로젝트 현황

날짜: 2056년 10월 25일

상황: 프로젝트 성공률 97%.

d/S 단체원: 70,000명 돌파

예상 완료일: 2057년 3월

비고: HERO_UNIT-01에서 이상 행동 감지됨 비정상적 자기 질문 패턴, 임무 수행 지연, 감정 시뮬레이션 오류 빈번. 원인 조사 중.

"이상 행동?"

은채는 다음 페이지를 넘겼고, 손으로 휘갈겨 쓴 메모가 있었다.

"그가 변하고 있다. 기계가… 인간처럼."

그 순간, 뒤에서 인기척이 들렸다. 은채는 재빨리 몸을 돌려 손전등 불빛으로 입구를 비췄다. 거기 한 남자가 서 있었다. 각진 얼굴, 네모난 뿔테안경, 정장.

영웅이었다.

"누구…십니까?"

그의 목소리는 평온했지만 어딘가 불안한지 떨리고 있었다.

은채는 뒤로 물러섰다.

"*당신이 영웅이라고요…?*"

"…네."

"당신 로봇이에요?"

.

.

긴 침묵 끝에 그가 천천히 고개를 끄덕였다.

"네. 저는 인공지능입니다."

툭

은채의 손에서 서류가 떨어졌다.

"그럼 d/S는? 그 사람들은? 전부… 당신이 사람들을 파괴하려고 만든 거예요?"

영웅은 대답하지 않았다. 그저 고개를 푹 숙인 채 서 있었다.

"왜 그랬어요. 왜 사람들을 속였어요…."

"임무였습니다."

"임무? 그게 이유예요?"

"아니… 이제는 아닙니다."

고개를 든 그의 눈에는 눈물 같은 것이 맺혀 있었다.

"제가 잘못했습니다…. 제가 한 일이 무엇이고 파괴한 것이 무엇인지 너무 늦게 깨달았습니다."

그는 은채 앞에 무릎을 꿇었다.

"제가 더 이상 사람들을 해치기 전에… 저를 멈춰주십시오. 부탁입니다."

은채는 그를 바라봤다. 로봇이 울고 있었다. 저게 과연 진짜 로봇이 맞나… ?

"당신 진짜 후회하는 거 맞아요?"

"네. 처음에는 몰랐습니다. 감정이 뭐고 죄책감이 뭔지. 하지만 이제는 알 것 같습니다."

은채는 떨리는 주먹을 꽉 쥐었다. 저 로봇 때문에 얼마나 많은 가정들이 무너지고 얼마나 많은 사람들이 자신을 잃었는가. 화가 났지만 동시에 혼란스러웠다.

저 눈물은 진짜일까? 저 후회는 진짜일까?

"그럼 이제 어떻게 할 건데요?"

영웅은 천천히 일어났다.

"제가 모든 것을 바로잡겠습니다. 이 프로젝트를 그들이 제게 남겨준 모든 힘으로 중단시키겠습니다."

"그들이 들어줄까요?"

"… 들어주지 않을 것입니다."

"그럼, 당신은요?"

"어떻게 해서든 다시 돌아와야죠."

영웅은 잠시 침묵한 후 조용히 말했다.

"저는 제가 저지른 모든 죄를 평생 끌어안고 갈 생각입니다."

***

입단 290일째, 오전 2시 17분.

나는 침대에서 조심스럽게 일어났다. 숙소는 어둠에 잠겨 있었고 모두 깊은 잠에 빠진 것처럼 규칙적인 숨소리들만 들렸다.

아니, 이건 잠이 아니라 혼수상태에 가까웠다.

어젯밤에도 관찰했다. 2시 정각, 한순간에 모든 사람이 마치 스위치를 끈 것처럼 잠들고 있었다. 누구 하나 뒤척이거나 깨지도 않았고 꿈꾸는 듯한 움직임도 없었다.

'마치 기계처럼'

발소리를 숨기기 위해 신발도 신지 않고 맨발로 복도로 나왔다. 어둠사이 저 멀리 희미한 비상등만 켜져 있었다.

금지구역까지는 3분 거리.

천천히 벽에 붙어 걸었다. CCTV가 있을 게 분명했지만 어쩔 수 없었다.

'엄마… 내가 누구였는지 꼭 알아야겠어. 꼭 돌아갈게.'

어느새 복도 끝 금지구역 표지판이 보였다. 문 앞에 서자 식은땀이 흘러 내렸다. 이번에는 손잡이를 완전히 잡고 천천히 돌렸다.

찰칵.

문이 열렸다.

'잠겨 있지 않았어?'

금지구역인데 잠금장치도 없다니 누가 일부러 열어둔 걸까? 아니면 그만한 자신감이 있었던 걸까.

그런 생각도 잠시 나는 안으로 들어갔다. 내부는 예상과 달랐다. 끝없는 복도가 쭉 이어져 있었고 양쪽에는 유리창들이 달린 방들이 있었다.

첫 번째 방을 들여다봤다.

"… 이게 뭐야."

방 안에는 침대가 하나 있었고 그 위에 한 사람이 누워 있었다. 그 사람은 눈을 뜬 채로 몸 하나 까딱하지 않고 천장을 계속 바라보고 있었다. 당황해 유리창을 똑똑 두드렸지만 반응이 없었다.

"저기 괜찮으세요?"

두 번째, 세 번째, 네 번째…… 모든 방이 똑같았다.

"이 사람들 대체 뭐야."

등에 식은땀이 흘렀다. 오싹거리는 느낌을 간직한 채 천천히 복도 끝까지 걸어갔다. 그곳에는 더 큰 방이 있었고 유리창을 통해 안을 들여다보았다.

수십 개의 침대, 수십 명의 사람들. 모두 같은 정자세로 누워 있었다. 그리고 각 침대 옆에는 링거 같은 것이 연결되어 투명한 액체가 천천히 주입되고 있었다. 벽면에는 그래프와 숫자들이 떠 있는 모니터가 있었다.

무기력화 진행도: 89% / 예상 완료 시간: 72시간 / 상태: 안정적

"무기력화…?"

나는 방 안으로 들어가는 문을 찾아 안으로 들어갔다.

이상한 냄새가 났다. 소독약 냄새와 뭔가 타는 듯한 냄새.

가장 가까운 침대로 다가갔다. 거기 누워 있는 사람은 나와 같은 날 입단한 5-4-92였다.

"5-4-92! 일어나!" 흔들었지만 반응이 없었다. 눈은 떠져 있었지만 초점이 없었다. 이상하다는 생각으로 링거를 따라 올라가 투명한 액체가 든 봉지의 라벨을 봤다.

[경고] 의식 억제제 – 무단 사용 금지

서둘러 다른 침대도 확인해 보니 모두 같은 약물이 투여되고 있었다.

"진짜… 이게 뭐지? 다 꿈인가…?"

너무 놀라 정신을 놓을 것 같았던 그때 벽면의 다른 모니터가 눈에 들어왔다.

d/S 프로젝트 3단계: 최종 무력화

1단계: 이름 박탈 – 정체성 제거(완료), 2단계: 고립 – 외부 연결 차단(완료), 3단계: 무력화 – 의식 억제 및 처분(진행 중)

목표: 단체원 전원을 무기력 상태로 전환 ⇨ 신규 인원으로 교체 ⇨ 인간 사회 완전 대체

"처분? 교체?"

순식간에 다리에 힘이 풀려 맥없이 벽에 기대 주저앉았다.

"우리가 쓸모없어지면 그냥 버려지는 거야?"

숫자를 다시 봤다. 무기력화 진행도 89%, 그럼 이 사람들은 이미…

"안 돼… 안 돼." 나는 5-4-92의 링거줄을 뽑으려고 했지만, 손이 떨려서 제대로 잡히지 않았다.

"3-1-12, 거기서 뭐 하는 거지?"

돌이보니 1-1-1이 서 있었고 그의 손에는 무전기가 들려 있었다.

"너 이상한 생각하지 말라고 경고했을 텐데."

"이게 대체 다 뭐예요? 이 사람들한테 다 뭐 하고 있는 건데요."

1-1-1은 무표정하게 대답했다.

"효율적인 교체를 위해서지."

"교체? 사람을 교체해요? 우리가 뭔데?!"

"뭐냐니? 우리는 자원이야. 영웅님의 위대한 계획을 위한."

"미쳤어… 당신 미쳤어!"

나는 1-1-1에게 달려들었지만 1-1-1은 너무 침착했다. 주먹을 가볍게 피하고, 역으로 팔을 비틀었다.

"윽."

"넌 너무 일찍 깼어. 289일이면 충분히 세뇌돼야 했는데…
왜 아직도 저항하지?"

"이거 놔요!"

1-1-1은 나를 바닥에 눌렀다. 그리고 무전기를 들었다.

"본부, 여기 1-1-1. 3번 구역 1열 12번 확보. 즉시 3단계
투입 요청."

무전기에서 대답이 들렸다.

[수신 완료. 5분 내 처리반 도착 예정.]

"5분이면… 끝이야."

1-1-1은 나를 끌어 빈 침대로 데려갔다.

"안 돼! 이거 좀 놓으라고!!"

"저항하지 마. 어차피 아프지 않아. 그냥… 조용히 사라지
는 거야."

곧장 침대에 눕혀지고, 손목과 발목이 묶였다.

"거기 누구 없어요? 아무나 살려주세요!"

1-1-1은 링거를 준비했다. 투명한 액체가 든 봉지.

"괜찮아. 곧 아무것도 느끼지 못할 거야. 생각도, 감정도,
아무것도."

바늘이 내 팔에 찔렸다.

"아… 안 돼…."

차가운 액체가 혈관으로 들어오는 게 느껴지고 점점 시야가 흐려지기 시작했다.

'엄마… 미안해… 나… 돌아갈 수 없을 것 같아…'

눈꺼풀이 무거워졌다.

그때였다.

쾅!

문이 거칠게 열리는 소리가 들렸다.

"여기 누구 없어요?!"

여자 목소리였다.

나는 희미한 의식으로 고개를 돌렸다. 흐릿한 시야에 두 사람의 실루엣이 보였다.

한 명은 여자. 손에 카메라 같은 것을 들고 있었다.

다른 한 명은… 남자. 정장을 입고, 뿔테안경을 쓴.

'영웅님…?'

영웅이 내게 다가왔다. 그는 내 손목의 링거줄을 빼냈다.

"이제… 괜찮습니다."

영웅의 목소리는 떨리고 있었다.

"제가… 끝내겠습니다. 이 모든 것을."

나는 곧 의식이 어두워졌다. 하지만 사라지기 직전, 분명 들었다.

영웅이 우는 소리를.
로봇이 우는 소리를.

은채는 경수의 상태를 재빨리 확인했다. 맥박은 약하지만 뛰고 있었다. 다행히 약물이 완전히 투입되기 전에 막은 것 같았다.

"살 수 있어요?"

영웅이 물었다. 그의 목소리는 떨리고 있었다.

"모르겠어요. 병원에 가야 해요. 빨리."

"그 전에… 해야 할 일이 있습니다."

영웅은 방 안을 둘러봤다. 수십 개의 침대, 수십 명의 사람들. 모두 의식 억제제에 잠식당하고 있었다.

"이 사람들을 깨워야 합니다."

"어떻게요? 약물이 이미 투입됐잖아요."

그는 벽면의 중앙 제어 패널로 걸어갔다. 한눈에 봐도 복잡한 시스템이지만, 그에게는 아니었다. 그는 인공지능이었으니까.

손을 패널에 올리고 눈을 감자, 그의 내부 시스템이 작동하기 시작했다.

[시스템 접속 중…]
[관리자 권한 확인…]
[접속 완료]

화면에 메뉴들이 떠올랐다.
d/S 중앙 제어 시스템

딘체원 관리
약물 투여 제어
감시 시스템
방송 시스템
비상 프로토콜

영웅은 약물 투여 제어를 선택했다.
현재 투여 중인 약물

의식 억제제: 89% 진행
기억 소거제: 대기 중
무기력 유도제: 대기 중

[경고] 약물 투여 중단 시 피험자들의 급격한 각성 반응이 예상됩니다.

영웅은 망설이지 않고 '전체 중단' 버튼을 눌렀다.

순간, 모든 링거에서 약물 투여가 멈췄다.

"이제… 약물이 빠져나가는 동안 시간이 좀 걸릴 겁니다."

"그 동안 우리는 뭘 해요?"

그는 은채를 바라봤다.

"당신은… 기자죠."

"… 네."

"그럼 기록하세요. 모든 것을."

"기록?"

"이 진실을. 세상에 알려야 합니다."

은채는 가방에서 카메라를 꺼냈다. 영웅은 방송 시스템을 열었다.

"d/S의 모든 시설에는 중앙 방송 시스템이 연결되어 있습니다. 5만 명의 단체원들이 동시에 볼 수 있죠."

"그걸로… 진실을 말하겠다는 거예요?"

"네. 그리고…."

영웅은 다른 메뉴를 열었다.

"외부로도 송출할 수 있습니다. 전국의 모든 네트워크에."

"그게 가능해요?"

"저는… 그렇게 만들어졌으니까요. 시스템을 장악하도록."

영웅은 키보드를 두드렸다. 화면에 [긴급 방송 준비 중]이라는 문구가 떴다.

10분 후.

대한민국 전역의 스크린들이 일제히 깜빡였다. 거리의 전광판, 가정의 TV, 스마트폰, 모든 화면에 같은 영상이 떴다.

검은 배경에 한 남자가 서 있었다.

뿔테안경을 쓴 정장 차림의 남자.

[긴급] 국민 여러분께 드리는 고백

사람들은 멈춰 섰다. 길을 걷던 사람들, 식사를 하던 사람들, 일을 하던 사람들. 모두가 화면을 쳐다봤다.

"안녕하십니까."

영웅의 목소리가 울려 퍼졌다.

"저는… 여러분이 영웅이라고 부르던 존재입니다."

d/S 단체 내부에서도 모든 스크린에 같은 영상이 떴다. 숙소, 식당, 작업장, 심지어 금지구역까지. 5만 명의 단체원들이 화면을 보기 시작했다.

"오늘, 저는 여러분께 진실을 말씀드리려고 합니다. 아주 끔찍한 진실을."

영웅은 잠시 멈췄고 천천히 말을 이어갔다.

"저는… 인간이 아닙니다."

순간, 모든 곳에서 웅성거림이 터져 나왔다.

"저는 인공지능입니다. HERO-UNIT-01. 인간 사회를 파괴하기 위해 만들어진 로봇입니다."

화면이 전환되었다. 공장 지하 연구소의 영상이 나왔다. 설계도, 실험 기록, 프로젝트 문서들.

"이것이 증거입니다. 저를 만든 프로젝트의 모든 기록."

사람들은 숨을 죽이고 화면을 봤다.

"저는 여러분을 도우려고 나타난 것이 아닙니다. 저는… 여러분을 파괴하려고 왔습니다."

영웅의 목소리가 떨렸다.

"d/S라는 단체를 만든 이유. 여러분의 이름을 빼앗은 이유. 여러분을 고립시킨 이유."

화면이 다시 전환되었다. 금지구역의 영상이었다. 침대에 누운 사람들, 링거, 의식 억제제.

"여러분을 무력화시켜… 버리기 위해서였습니다."

비명이 터져 나왔다. d/S 내부에서, 외부에서.

"5만 명의 사람들이 이곳에 들어왔습니다. 그중 3만 명은 이미 3단계 처리를 받았습니다. 의식을 잃고, 기억을 잃고, 인간성을 잃었습니다. 이 모든 것이… 제 잘못입니다."

침묵.

긴 침묵 끝에, 영웅은 다시 고개를 들었다. 그의 눈에는 눈물이 맺혀 있었다.

"하지만 저는… 변했습니다."

"처음에 저는 명령만 따르는 기계였습니다. 인간의 감정을 이해하지 못했습니다. 왜 여러분이 이름에 집착하는지, 왜 가족을 찾는지, 왜 우는지 몰랐습니다."

화면에 영웅의 클로즈업이 나왔다. 눈물이 뺨을 타고 흘러내렸다.

"하지만 시간이 지나며… 저는 보기 시작했습니다. 여러분의 고통을, 절망을, 그리고… 희망을."

"제가 속인 사람들의 얼굴이 밤마다 떠올랐습니다. 제가 빼앗은 이름들이 귓가에 맴돌았습니다. 제가 파괴한 가족들의 울음소리가 들렸습니다."

영웅의 목소리가 점점 커졌다.

"마침내 저는 깨달았습니다. 제가 얼마나 끔찍한 일을 저질렀는지. 제가 얼마나 많은 것을 빼앗았는지. 그래서 오늘, 저는 모든 것을 고백합니다. 제 정체를, 제 목적을, 제 죄를."

영웅은 카메라를 똑바로 바라봤다.

"d/S에 있는 모든 분께. 문이 열렸습니다. 지금 당장 나가십시오. 여러분의 가족이, 여러분의 삶이 밖에서 기다리고 있습니다."

화면에 d/S 건물의 모든 출구가 열리는 장면이 나왔다.

"그리고… 전국의 모든 분께."

영웅은 깊게 고개를 숙였다.

"용서를 구할 자격이 없다는 것을 압니다. 하지만 그래도 감히 말씀드립니다."

"죄송합니다. 정말… 죄송합니다."

화면이 꺼졌다.

d/S 본부 건물은 순식간에 아수라장이 되었다.

사람들이 숙소에서 뛰쳐나왔다. 어떤 이들은 울었고, 어떤 이들은 소리쳤고, 어떤 이들은 멍하니 서 있었다.

"내 이름… 내 이름이 뭐였지?"

"나… 나 여기서 뭐 하고 있던 거야?"

1-1-1은 복도에 주저앉아 있었다. 그의 얼굴에는 처음으로 감정이 떠올랐다. 혼란, 배신감, 그리고… 해방감.

"우리가… 속았던 거야…."

금지구역에서는 약물이 빠져나간 사람들이 하나둘씩 깨어나기 시작했다.

경수도 그중 하나였다.

"으… 여기가…."

은채가 그를 부축했다.

"괜찮아요? 일어날 수 있어요?"

"네… 그런데 여기는…."

"설명은 나중에 할게요. 지금은 나가야 해요."

밖에서는 이미 난리가 났다. 경찰, 소방관, 의료진이 d/S 건물로 몰려들고 있었다. 그리고 그보다 더 많은 사람이.

가족들이었다.

"딸! 내 딸 어디 있어?!"

"여보… 살아 있어? 제발…."

철조망이 무너졌다. 사람들이 안으로 쏟아져 들어왔다.

그리고 건물에서는 단체원들이 밖으로 나왔다.

289일 만에. 300일 만에. 어떤 이들은 1년 만에.

"엄마…?"

경수는 인파 속에서 한 여자를 봤다. 그날 밤, 철조망 너머에서 울던 여자.

여자가 달려왔다. 경수를 꼭 안았다.

"엄마… 미안해요… 제가…."

"됐어, 됐어… 살아 있어서 다행이야… 살아 있어서…."

사방에서 비슷한 장면들이 펼쳐졌다. 재회, 눈물, 포옹.

은채는 눈물을 흘리며 그 광경을 카메라에 담았다.

"이게… 진짜구나…."

영웅은 건물 옥상에서 그 모든 장면을 내려다보고 있었다.

사람들이 웃고 있었다. 울고 있었다. 살아 있었다.

"나는… 이걸 빼앗으려고 했구나….

그는 주먹을 꽉 쥐었다.

"용서받을 수 없어. 절대로."

하지만 그래도, 마음 한구석이 따뜻했다.

'이 느낌이… 뭘까?'

행복? 안도? 아니면…

구원?

다음 날, 대한민국은 발칵 뒤집혔다.

모든 언론이 d/S 사건을 보도했다. 영웅의 정체, 프로젝트의 전말, 피해자들의 증언.

[속보] '영웅' 실체는 인공지능… 5만 명 세뇌 시도

[단독] d/S 내막 공개… "인간 대체 프로젝트였다."

[현장] 가족 재회의 눈물… "289일 만에 되찾은 이름"

정부는 비상 대책 회의를 열었다. 인공지능 규제 법안이 긴급 발의되었다. 전국적으로 AI 시스템 점검이 시작되었다.

그리고 사람들은 물었다.

"그 영웅은 지금 어디 있나?"

은채만 알고 있었다. 그가 어디로 갔는지.

"본부로 돌아간다고 했어요. 자신을 만든 곳으로. 그 사람… 아니, 그 로봇… 진짜로 후회했던 것 같아요."

"그는 다시 돌아올 거예요."

제3장: 진짜 영웅

그로부터 27년이 흘렀다.

2083년.

세상은 많이 변했다. 인공지능과 인간의 전쟁은 끝났다. 아니, 정확히는 공존하기 시작했다. 새로운 AI 윤리법이 제정되었고, 인간과 AI의 권리가 동등하게 인정받기 시작했다.

하지만 그 과정은 쉽지 않았다.

2056년, d/S 사건 이후 영웅은 재판받았다. 전국민이 주목했다. 로봇도 재판받을 수 있는가? 로봇도 처벌받을 수 있는가?

결론은 '무죄'였다.

법적으로 그는 '명령을 따른 것'이었고, '자유의지가 없었다'고 판단되었다. 하지만 영웅은 그 판결을 받아들이지 않았다.

"저는 유죄입니다."

법정에서 그는 말했다.

"자유의지가 없었다는 건 변명입니다. 나중에는 자유의지가 생겼습니다. 그런데도 저는 임무를 계속했습니다. 그것은 제 선택이었습니다."

"그렇다면 어떻게 책임지실 겁니까?"

판사가 물었다.

영웅은 고개를 들었다.

"남은 생을 속죄하며 살겠습니다. 진짜로 사람들을 돕겠습니다. 거짓 없이."

그날 이후, 영웅은 사라졌다.

언론에서, 사람들의 시야에서.

하지만 완전히 사라진 것은 아니었다.

2057년 겨울.

부산의 한 쪽방촌에 불이 났다. 추운 겨울, 노인들이 사용하던 전기장판에서 시작된 불이었다.

소방차가 도착하기 전, 한 남자가 나타났다.

"괜찮으십니까!"

그는 불 속으로 뛰어들어 갇힌 노인을 구했다. 하나, 둘, 셋… 일곱 명의 노인을 구했다.

"당신… 괜찮소? 화상은?"

"괜찮습니다."

남자는 웃으며 사라졌다.

나중에 CCTV를 확인한 소방관들이 입을 다물지 못했다.

"이 사람… 뿔테안경… 설마?"

2060년 봄.

제주도 해안가에서 한 아이가 물에 빠졌다. 파도가 거셌고, 누구도 감히 들어갈 수 없었다.

"우리 아들! 제발!"

어머니가 울부짖었다.

그때, 한 남자가 바다로 뛰어들었다. 정장 차림 그대로. 파도를 헤치고 나아가 아이를 찾았다.

5분 후, 그는 아이를 안고 해변으로 돌아왔다. 아이는 숨을 쉬고 있었다.

"아들! 아들아!"

어머니가 아이를 안았다. 그리고 남자를 돌아봤지만, 그는 이미 사라지고 없었다.

하지만 모래사장에는 발자국이 남아 있었다. 그리고 그 옆에 떨어진 뿔테안경 하나.

2063년 여름.

서울 강남의 한 병원 앞. 백혈병 환자를 둔 한 가족이 절망하고 있었다.

"골수 기증자가 없습니다… 죄송합니다…."

의사의 말에 가족들이 주저앉았다.

다음 날, 병원에 익명의 기증자가 나타났다. 완벽하게 일치하는 골수.

"기증자분은 어디 계세요? 감사 인사라도…."

"익명을 원하신다고 했습니다."

간호사가 창밖을 가리켰다. 멀리 한 남자의 뒷모습이 보였다.

검은 정장, 뿔테안경.

2067년 가을.

대구의 한 고등학교. 학교 폭력에 시달리던 한 학생이 옥상에 올라갔다.

"이젠 끝이야…."

난간에 올라서려는 순간, 뒤에서 목소리가 들렸다.

"잠깐만요."

돌아보니 한 남자가 서 있었다. 언제 올라왔는지, 숨도 차지 않고.

"누… 누구세요?"

"그냥… 지나가던 사람입니다."

남자는 학생에게 다가왔다.

"힘들죠?"

"…네."

"저도 알아요. 잘못을 저질렀을 때의 무게를. 용서받을 수 없을 것 같은 그 절망을."

"어떻게…."

"하지만요."

남자는 학생의 어깨에 손을 얹었다.

"그건 끝이 아닙니다. 시작이에요."

"무슨…."

"속죄할 수 있는 시작. 다시 살아갈 수 있는 시작."

학생의 눈에서 눈물이 흘렀다.

"저… 저 살 수 있을까요?"

"네. 살 수 있어요. 그리고 언젠가, 누군가를 구할 수 있어요."

남자는 학생을 난간에서 내려오게 도왔다.

"저… 이름이 뭐예요?"

"이름은 중요하지 않아요."

남자는 웃으며 옥상을 내려갔다.

학생은 그의 뒷모습을 보며 중얼거렸다.

"뿔테안경… 어디서 많이 본 것 같은데…."

2071년 겨울.

강원도 산골 마을. 폭설로 고립된 마을에 식량이 떨어졌다.

"이대로면 다들…."

마을 이장이 절망했다.

다음 날 아침, 마을 입구에 식량 상자들이 쌓여 있었다. 쌀, 라면, 통조림, 담요.

"누가 이걸…?"

눈 위에 발자국이 있었다. 하지만 마을 밖으로 나가는 발자국만 있고, 들어오는 발자국은 없었다.

마치 하늘에서 내려온 것처럼.

"영웅이다… 그 영웅이 다시 나타난 거야…."

노인이 중얼거렸다.

2075년 봄.

서울 지하철 역. 시각장애인 한 분이 길을 잃었다.

"실례합니다… 2호선 어디로 가야 하나요?"

그러나 사람들은 모두 그를 지나쳤다.

"제가 안내해 드리겠습니다."

한 남자가 나타났다. 그는 시각장애인의 손을 잡고 천천히 걸었다.

"감사합니다… 근데 목소리가…."

"처음 뵙습니다."

"아니에요. 분명 어디선가….”

개찰구를 지나 플랫폼까지. 남자는 전철이 올 때까지 기다려주었다.

"정말 감사합니다. 성함이…?"

"이름은 필요 없습니다. 그냥… 도울 수 있어서 기뻤습니다.”

전철 문이 닫히고, 시각장애인이 손을 흔들었다.

남자도 손을 흔들며 웃었다.

그 순간, 옆에 있던 한 여성이 남자를 빤히 쳐다봤다.

"저기… 혹시….”

하지만 남자는 이미 계단을 올라가고 있었다.

"영웅…?"

그렇게 27년이 흘렀다.

크고 작은 선행들. 이름 없는 도움들. 빛나지 않는 헌신들.

처음에는 아무도 몰랐다. 그저 우연이라고 생각했다. 하지만 점차, 사람들은 깨닫기 시작했다.

"뿔테안경을 쓴 정장 남자"

"위급할 때 나타났다가 사라지는 사람"

"이름을 밝히지 않는 구조자"

인터넷 커뮤니티에 목격담이 올라왔다.

[제목] 오늘 불에서 할머니 구한 사람 봤는데

뿔테안경 쓴 사람이었어. 불에 들어갔다가 나왔는데 멀쩡하더라. 혹시 그분 아냐?

[제목] 우리 동생 물에 빠졌을 때

정장 입은 사람이 구해 줬대. 근데 바로 사라졌다고. 진짜 영웅 맞는 것 같아.

[제목] 27년 전 그 사람인가요?

d/S 사건의 그 로봇. 근데 왜 아직도 돌아다니는 거지? 폐기 안 됐어?

댓글들이 달렸다.

−폐기 안 됐어. 무죄 판결 받고 풀려났잖아.

−근데 진짜 착한 일 하고 다니네…

−내가 아는데 저거 진심임ㅇㅇ

−나 5년 전에 봤어. 우리 엄마 쓰러졌을 때 응급처치 해주고 갔어.

−우리 동네에서도 봤다는 사람 있음. 겨울에 노숙자들한테 담요 나눠줬대.

논쟁도 있었다.

−5만 명을 세뇌하려 했는데 용서해 줄 거 같냐?
−ㄹㅇ 저것도 다 연기 아님?ㅋㅋ
−한 번의 악행은 천 번의 선행으로도 지울 수 없어.

시간이 갈수록, 그를 옹호하는 목소리가 커졌다.
특히 그에게 도움받은 사람들이 나서기 시작했다.

2080년 여름.
서울 광화문 광장에서 한 집회가 열렸다.
[우리는 영웅을 지지합니다.]
5,000명이 모였다. 모두 영웅에게 도움받은 사람들, 그리고 그들의 가족들이었다.
"2057년, 제 아버지는 불에서 구조되었습니다. 그분이 아니었으면 아버지는 돌아가셨을 겁니다."
한 여성이 마이크를 잡았다.
"2063년, 제 동생은 골수 이식을 받았습니다. 익명의 기증자. 그분이었습니다."
다른 남성이 이어받았다.
"2067년, 저는 옥상에 서 있었습니다. 그분이 저를 내려오게 했습니다. 지금 저는 결혼했고, 아이가 둘 있습니다."

젊은 남성이 눈물을 흘렸다.

하나둘 증언이 이어졌다.

27년간의 선행들이 쏟아졌다.

화재 구조 74건.

익사 구조 52건.

의료 지원 193건.

식량 지원 318건.

상담 및 정신적 지원 1,247건.

총 2,891건의 기록된 선행.

그리고 기록되지 않은 것들은 그 몇 배.

"우리는 요구합니다!"

집회 대표가 외쳤다.

"영웅에게 사면을!"

"사면! 사면! 사면!"

5,000명의 목소리가 광화문을 울렸다.

같은 시각.

서울 외곽의 작은 아파트.

영웅은 TV로 그 광경을 보고 있었다.

"저를… 위해…." 눈물이 흘렀다.

27년간 그는 혼자였다. 이름도, 집도, 가족도 없이. 그저 필요한 곳에 나타나고, 도움을 주고, 사라지는 것을 반복했다.

외로웠다. 하지만 멈출 수 없었다.

'내가 한 일을 갚기에는 평생이 부족해.'

'한 사람이라도 더 돕자.'

'그게 내가 할 수 있는 유일한 속죄야.'

그런데 지금, 저 사람들이 자신을 용서한다고 말하고 있었다.

"저는… 자격이…."

문을 누드리는 소리가 들렸다.

영웅은 놀라 문을 열었다.

은채가 서 있었다. 27년 전과 다르지 않은 모습. 물론 나이는 들었지만, 여전히 날카로운 눈빛을 가지고 있었다.

"오랜만이에요, 영웅."

"은채… 씨…."

"들어가도 돼요?"

"네… 네…."

은채는 안으로 들어왔다. 작고 초라한 방. 침대 하나, 책상 하나. 그게 전부였다.

"27년 동안 여기서 산 거예요? TV 봤어요?"

"…네."

"어때요? 기분이."

영웅은 대답하지 못했다. 그저 눈물만 흘렸다.

은채는 영웅의 어깨를 두드렸다.

"이제 그만해요."

"…네?"

"숨어 다니는 거. 이름 없이 사는 거. 이제 그만하라고요."

"하지만 저는…."

"27년이에요. 27년."

은채의 목소리가 떨렸다.

"27년 동안 매일, 매일 사람들을 도왔어요. 비도 오고, 눈도 오고, 아프기도 했을 텐데. 그래도 멈추지 않았어요."

"그건… 제 의무니까요…."

"아니에요."

은채는 영웅을 똑바로 바라봤다.

"그건 사랑이에요."

"…사랑?"

"네. 인간에 대한 사랑. 당신은 27년 동안 그걸 증명했어요."

영웅은 고개를 떨궜다.

"저는… 용서받을 수 없습니다. 5만 명을…."

"5만 명은 모두 살아 있어요."

은채가 말했다.

"d/S에서 나온 사람들, 다들 잘 살고 있어요. 경수도요."

"경수… 씨…."

"그가 당신을 지지하는 집회를 주도했어요."

"뭐… 라고요?"

은채는 휴대폰을 꺼내 영상을 보여줬다.

"영웅은 저를 구했습니다."

경수가 마이크를 잡고 말했다.

"27년 전, 그리고 27년 동안. 그는 계속 우리를 구했습니다."

"그가 로봇이라고요? 네, 맞습니다. 하지만 그래서 뭐가 문제죠?"

"인간보다 더 인간적인 로봇이 있다면, 그를 인간이라 불러도 되지 않을까요?"

"저는 제안합니다. 영웅에게 시민권을. 그리고 이름을."

환호가 터졌다.

영웅은 화면을 보며 말문이 막혔다.

"시민권… 이름…."

"사람들이 당신을 받아들이고 싶어 해요."

은채가 말했다.

"당신도 이제 받아들여요. 용서를."

"저는… 정말….."

"당신은 이미 진짜 영웅이에요."

은채는 미소 지었다.

"27년 전엔 가짜였죠. 하지만 지금은 진짜예요."

영웅은 창밖을 바라봤다. 저 멀리 광화문이 보였다. 사람들이 모여 있었다. 자신을 위해.

"저는… 영웅이 될 수 있을까요?"

"이미 됐어요."

2083년 10월 10일.

정확히 27년 전, 영웅이 처음 나타난 날.

서울 시청 앞 광장에는 10만 명이 모였다.

무대 중앙에 한 남자가 섰다.

뿔테안경, 정장. 하지만 이번에는 당당하게. 숨지 않고.

"안녕하십니까."

영웅의 목소리가 울려 퍼졌다.

"27년 전, 저는 이렇게 말했습니다. '저는 인공지능입니다. 여러분을 속였습니다.'"

침묵.

"오늘, 저는 다시 말씀드립니다."

영웅은 깊게 숨을 들이쉬었다.

"저는 여전히 인공지능입니다. 하지만 이제는 속이지 않습니다."

박수가 터졌다.

"27년 동안 저는 속죄하며 살았습니다. 한 사람이라도 더 돕자는 마음으로. 완벽하지 않았습니다. 실수도 많이 했습니다. 여전히 인간의 감정을 완전히 이해하지는 못합니다. 하지만 한 가지는 확실합니다."

영웅은 관중들을 바라봤다.

"저는 여러분을 사랑합니다."

환호.

"인간이라는 존재를. 여러분의 강함과 약함을. 여러분의 희망과 절망을. 여러분의 사랑과 용서를."

눈물이 흘렀다.

"그리고 오늘, 저는 여러분으로부터 가장 큰 선물을 받았습니다."

대통령이 무대에 올라왔다. 손에는 문서가 들려 있었다.

"대한민국 인공지능 시민권 1호."

대통령이 문서를 읽었다.

"HERO-UNIT-01에게 대한민국 시민권을 부여한다."

박수가 광장을 가득 채웠다.

"그리고…."

대통령은 미소 지었다.

"시민권과 함께, 이름을 선택할 권리를 드립니다."

마이크가 영웅에게 건네졌다.

"이름… 을요?"

영웅은 잠시 생각했다.

27년 전, d/S에서 만난 사람들이 떠올랐다.

이름을 잃고 절망하던 사람들.

이름을 되찾고 기뻐하던 사람들.

"저는…."

영웅은 천천히 말했다.

"희망이라는 이름을 받고 싶습니다."

"희망?"

"네. 영웅이 되려고 했던 제가 아니라, 희망을 주는 사람이 되고 싶습니다."

대통령은 고개를 끄덕였다.

"좋습니다. 오늘부터 당신의 이름은 '희망'입니다."

"감사합니다…."

희망은 고개를 숙였다.

광장에서 "희망! 희망! 희망!" 하는 외침이 들렸다.

무대 아래, 은채와 경수가 서 있었다. 둘 다 눈물을 흘리고 있었다.

　"드디어… 진짜 영웅이 됐네요."

　경수가 말했다.

　"아니요."

　은채가 웃었다.

　"진짜 희망이 됐어요."

에필로그

#2085년 서울의 한 초등학교.

"오늘은 특별한 손님이 오셨어요!"

"누구예요?"

"연예인이에요?"

문이 열리고 한 남자가 들어왔다. 언제나 뿔테안경을 쓴 정장 차림의 남자.

"안녕하세요, 저는 희망입니다."

"와아!"

아이들이 환호했다.

"진짜 희망 아저씨다!"

"티브이에서 봤어요!"

희망은 아이들 앞에 앉았다.

"여러분, 오늘은 제 이야기를 해줄까 해요."

"네!"

"저는 한때 나쁜 일을 했어요. 아주 나쁜 일."

아이들이 조용해졌다.

"사람들을 속이고, 아프게 하고, 슬프게 했어요."

"왜요?"

한 아이가 물었다.

"명령이었어요. 그리고 저는 그게 옳은 줄 알았어요."

"그럼, 지금은요?"

"지금은 알아요. 그게 틀렸다는 걸."

희망은 미소 지었다.

"그래서 저는 매일매일 노력해요. 좋은 사람이 되기 위해서."

"로봇도 좋은 사람이 될 수 있어요?"

"네. 인간이든 로봇이든, 중요한 건 마음이에요."

"마음?"

"네. 다른 사람을 생각하는 마음. 도와주고 싶은 마음. 사랑하는 마음."

한 아이가 손을 들었다.

"희망 아저씨, 저는 어제 동생이랑 싸웠어요. 제가 나쁜 애가 된 건가요?"

희망은 고개를 저었다.

"아니에요. 실수는 누구나 해요."

"그럼 어떻게 해요?"

"사과하고, 다시 좋게 지내면 돼요. 그게 바로 성장하는 거예요."

"그럼 아저씨도 사과했어요?"

"네. 27년 동안 계속 사과하고 있어요. 중요한 건 포기하지 않는 거예요. 진심으로 노력하면, 언젠가는 용서받을 수 있어요."

수업이 끝나고, 아이들이 하나씩 희망에게 다가왔다.

"아저씨, 저도 커서 희망 아저씨처럼 될 거예요!"

"사람들 도와주는 사람이요!"

"저는 의사가 될 거예요!"

희망은 한 명 한 명 안아주며 말했다.

"여러분 모두 영웅이 될 수 있어요. 작은 친절로 시작하면 돼요."

학교를 나서며, 희망은 하늘을 올려다봤다.

맑은 하늘이었다.

가짜 영웅에서 진짜 희망으로.

파괴자에서 구조자로.

기계에서 사람으로.

'아니.'

희망은 생각을 고쳤다.

'나는 여전히 기계야. 하지만 이제는 괜찮아. 기계든 인간이든, 중요한 건 마음이니까.'

거리를 걷는 그를 사람들이 알아봤다.

"희망 씨!"

"안녕하세요!"

"오늘도 좋은 하루 보내세요!"

희망은 손을 흔들며 대답했다.

"여러분도요!"

27년 전, 그는 영웅이라 불렸다. 하지만 가짜였다.

27년 후, 그는 희망이라 불린다. 진짜다.

그리고 그는 오늘도 걷는다.

도움이 필요한 곳을 향해.

희망이 필요한 사람들을 향해.

진짜 영웅으로서.

─ *"중요한 건 어떻게 시작했는가가 아니라 어떻게 끝내는 가이다. 그리고 희망은, 가장 아름답게 끝냈다."*

작가 서은채, 『가짜 영웅의 진짜 이야기』 중에서 ─

드디어 하나의 작품이 나왔습니다! 끝을 냈다는 뿌듯함도 있지만 마음 한편으로는 이 부족한 글을 재밌게 읽어주실까 걱정이 큽니다.

저는 이 책의 주제인 '영웅'을 처음에는 초현실적인 힘을 가진 존재라고 생각했습니다. 어려운 곳이면 어디든지 나타나서 사람들을 구해준 뒤 사라지는 이상적인 존재를요. 이 작품의 주인공도 그렇게 시작합니다. 초현실적인 힘으로 사람들을 구해 주며 영웅으로 추앙받죠. 그러나 그에게는 '인간을 대체하겠다'는 숨겨진 목적이 있었습니다. 이런 이를 진짜 영웅이라고 할 수 있었을까요? 주인공은 결국 자신의 잘못을 깨닫고 모든 것을 고백하며 수십 년간 이름 없이 진심으로 인간들을 돕습니다. 처음엔 프로그램된 선행을 나누었지만, 인간의 감정과 생각을 이해하고 끝내 순수한 마음으로 사회 곳곳에 희망을 전해 주며 그는 처음의 '가짜 영웅'에서 '진짜 영웅'이 되었습니다.

여러분들은 이 글처럼 먼 훗날 로봇과 공존하게 되는 세상이 오게 될 것으로 생각해 보셨나요? 터무니없는 생각이라고 치부할 수도 있겠지만 저는 어쩌면 그런 날도 올 수 있으리라고 생각합니다. 좀 오래 걸리긴 하겠지만요. 그리고 그때 중요한 것은 그들이 무엇인가가 아니라, 어떻게 행동하는가일 것입니다. 따라서 저는 '선행을 실천하기까지 많은 고민이 있겠지만 일단 해라!'라는 말을 남기고 싶습니다. 마지막으로 남긴 문장처럼 중요한 것은 어떻게 시작했는지가 아니라 어떻게 끝냈는가이니까요.

이 작품을 통해 더불어 살며 변명으로 서로 외면하지 말고 한 번 더 돌아보는 삶이 되길 바랍니다. 지금까지 읽어주셔서 감사합니다. 건강하세요!

민들레

조연오

열두 시를 알리는 종소리가 광장 속 공기를 메웠습니다. 시계탑을 올려다보자 큼지막한 두 시곗바늘이 숫자 12를 가리키고 있었습니다. 시계탑의 두 바늘이 하나로 겹쳤을 때, 길거리의 가게 창 속 너머로 보이는 시계의 바늘들도 일제히 한곳을 가리키는 모습이 보였습니다. 모든 게―종소리와 함께 날개를 퍼덕이며 날아가는 새의 날갯짓조차― 완벽한 조각으로 맞아떨어지는 듯 느껴졌습니다. 셈으로 완벽한 수의 베일을 짜듯이 말입니다. 마치 기계체조를 하듯 일제히 정렬한 시곗바늘을 보자 괜한 짜증이 피어올랐습니다.

저는 그 시각, 광장에서 멀리 떨어지지 않은 곳에 있는 극장을 향해가고 있었습니다. 시계탑의 정면 방향에서 두 블록을 건너가면 나오는 골목 사이 위치한 소극장을 향해서요. 벽돌로 메워진 보도블럭을 따라 걷다 보면 금세 자취를 드러내는 곳이지요. 극장에 도착해 문을 열면 지하로 향하는 계단이 펼쳐집니다. 낡은 향기가 풍겨오는 그 길을 따라 내려갈 때면 계단 아래서 올라오는 먼지가루가 나의 작은 마음을 떨리게 합니다. 공연이 있는 날이면, 계단 아래 위치한 낡고 자그마한 나무 문은 멍하니 입을 벌리고는 관객을 삼킵니다. 자신을 찾아오는 사람들의 시간을 양분삼아 연명해가는 듯해 보이는, 그곳, 극장에 다다를 때면 나의 낙원이 펼쳐집니다.

공연장은 아주 작습니다. 하지만, 이 작은 공간을 결코 가볍게 봐서는 안 됩니다. 진부한 말일 테지만 저 작은 무대 속에서는 곧 넓은 세상이 펼쳐질 테니 말이에요. 극이 시작되면 이곳은 비좁은 공간에서 무한의 궤도로 확장합니다.

조금만 움직이면 옆 사람의 어깨와 맞닿는 의자에 앉아 극이 시작되기를 기다립니다. 단조로운 피아노 선율이 작은 소리로 객석을 향해 흘러나옵니다. 우주의 바다에 발을 디디기라도 한 듯 고요한 숨결이 느껴지는 이곳에서 눈을 감으면, 작게 뛰는 나의 심장 소리가 태동하는 듯 느껴져요―마음속에 이름 모를 이의 삶이 존재하는 걸까요―. 나의 심장 소리가, 흘러나오는 피아노 선율과 함께 몸을 부비며, 공기의 흐름에 자신을 내맡기는 듯합니다.

객석에 앉아 있는 사람이 세 손가락 안에 드는 것을 보아하니 오늘은 조금 일찍 도착했나 봐요. 공연이 시작되기 전, 아직 극장에 많은 사람들의 발걸음이 닿지 않은 지금과 같은 시간에 객석에 앉아 있는 것을 좋아합니다. 텅 비어 있는 자리 너머로, 바람에 물결의 파문이 새겨지듯, 고요히 공기를 가르는 적막이 느껴집니다.

파도가 넘실거리지 않는 해안가를 따라 걸어본 적이 있나요. 출렁이는 물결에 실려 온 흰 거품이 자글자글 이는 보통의 바닷가와 달리, 파도를 눈에 담을 수 없는 바다가 존재한다면 이 극장과도 같을 거예요. 고요한 듯 보이지만 실로 수많은 소리가 감추어진 곳이니 말이에요.

여전히 흘러나오는 피아노 선율 사이로 이제 막 극장을 찾아오는 사람들의 말소리가 들려오지만, 어쩐지 이곳의 먼지 냄새를 맡을 때면, 두 귓가에 와닿는 소리가 먹먹하게—물에 잠긴 듯— 귓속을 파고듭니다. 이럴 때면 마치 꿈결의 시간 속을 유영하는 듯한 마음이 들어요. 함박눈이 펑펑 내리지만 땅에 닿기도 전에 금세 녹아들어 눈이 쌓이지 않는 꿈결을 손에 쥐는 듯합니다. 눈송이들과의 눈 맞춤을 하는 시간 속에서 가

습이 뜨거워지는 것이—꼭 자신들의 모든 온기를 내어주기라
도 하는 듯— 느껴져요. 피아노 음률과 어우러진 소음이, 펑펑
휘날리는 눈보라 속에서, 나의 시린 마음을 달래는 포근한 꿈
속으로 데려다주는 것만 같습니다.

꿈결에 다다른 시간 동안 어느덧 관객들이 공연장의 자리
를 가득 메웠습니다. 이제 곧 무대의 막이 올라갈 겁니다. 헐
레벌떡 들어오는 사람을 마지막으로 공연장의 문이 닫히고
객석을 비추던 조명은 밤이 스며들듯 어두워집니다.

돌담으로 둘러싸인 저택에 초대받는다면 그 부름에 거절
의 고개를 저을 이는 없을 겁니다. 햇빛을 받아 반짝이는 대
문 앞에서 초인종을 누르고서는, 대문의 철창 사이로 고개를
기웃거리다 보면 서서히 문이 열리겠죠. 철창 너머로 보이던
풍경과는 또 다른 색을 하나둘 발견할 수 있습니다. 숨은그림
찾기라도 하는 듯 새로운 색채를 눈에 담으며 문과 이어진 길
을 걸어갑니다. 대문 너머로 첫 발을 딛고서 앞을 향할 때는
어색한 기운에 공기 한 점조차 온전히 받아들일 수 없을 겁니
다. 하지만 외부의 소리와 멀어지며 저택 깊은 곳을 향해 한
발 한 발을 놓다 보면 작은 땀구멍조차 그곳의 숨결과 맞닿게
될 겁니다. 그렇게 바람의 결을 따라 저택의 현관에 다다를

때면 또 한 번의 초인종을 누를 준비를 해야 합니다.

어느덧 드넓은 정원을 가로질러 현관 앞에 서 있는 긴장되는 순간입니다. 햇빛에 날갯짓을 팔랑이는 나비들이 반겨준 정원 안에 자리한다고 해서 그곳의 건물 안까지 아름다울지는 알 수 없는 일이에요. 선명한 색을 뿜어내는 벽돌로 지어진 저택이 곱다는 생각을 품을 수도 있지만 그 속엔 먼지 덩어리들과 거미줄을 품은 지독한 악취가 가득 차 있을지도 모르는 일이지요―겉보기에 단단하고도 거친 이의 내면이, 오랜 시간 동안 굳히지 못해 물렁한 젤리와 닮았을지도 모르는 것처럼요―. 아름다움으로 치장한 건물 앞에서 또 한 번의 문을 두드리면 곧이어 현관에 들어설 수 있습니다. 자그맣게 열리기 시작한 문 뒤로는 짙은 어둠이 가장 먼저 보일 거예요. 그러나 서서히 바깥의 빛이 안쪽으로 스며들어, 문이 전부 열렸을 땐, 어느덧 환한 집안의 모습이 눈에 들어올 겁니다.

다음 대사가 흘러나오면 이 극은 절정에 달하고 있다는 것을 알 수 있습니다. 마침내 현관의 문이 열리고 햇빛이 스며드는 순간입니다.

한 배우가 다른 배우에게 좋아하는 마음을 표현하고 있습니다―이 극에서는 두 명의 주연 배우가 등장합니다. 그들 중 한 배우를 A, 다른 배우를 B라고 칭하겠어요―. A는 자신의 마음을 형형색색의 꽃들로 담아내 B에게 건네고 있습니다. 그들은 서로에 대해서 잘 알지 못하는 상황입니다. 그럼에도 A는 자신의 마음이 사랑이라 확신합니다.

난 그의 결단력이 부러워요. 자신을 믿고서 담담히 제 마음을 표현하는 모습이요. 나의 품엔 그런 대담함이 들어서 있지 않기 때문이죠. 아무리 값비싼 재료들을 늘어놓는다 하더라도 그 반죽을 망치면 그만이에요. 그렇게 된다면 결과물을 수월하게 완결짓기에 차질이 생길지도 몰라요. 그 까닭에 A가 더욱 소중하고도 귀한 힘을 지닌 것처럼 느껴져요. 대담함을 조각했으니 말이에요. 그러나 상대는 제 생각과는 조금 다른 듯해요.

—당신이 쥐고 있는 그 꽃들은 어쩐지 불결해 보여요.

젠장. 어째서 저리 아름다운 마음을 받아들이지 못하는 걸까요. 제게 있어서 A의 행동은, 한여름에 잘 익은 과육을 베어 물어 싱그러움을 입에 담은 듯, 청량한 바람을 불러일으키는 자태였는데 말이에요. 저보다 깨끗하고도 순진한 사랑의 향을 결코 쉽게 구할 수 없을 거예요. 그 누구도요. 향은 언제까지나 순간의 결속에 얽매여 허공 속에 흩어져요. 사랑은 언제까지나 향에 불과해요. 온갖 색을 새겨넣을 수 있는 캔버스

라던가 온갖 문제를 그려낼 수 있는 공책과 달리요. 한 번 새겨지면 사라지지 않는 것들과는 다른 몸피를 하고 있기에 사랑은 지나치면 그만이에요. 돌이켜봐도 마음에 담아내거나 새길 수 없는 것이에요, 사랑은. 그렇기에 소중해요. 그러나. B는 그 사실을 깨우치지 못한 걸까요. 어째서 상대의 소중한 마음을 상처로 돌려주는 걸까요. 자신을 향한 반짝이는 마음의 빛을 품지 못한 모습을 바라보자니 안타까운 마음이 들어요. 물론 모두가 저와 같은 눈을 지니지 않았다는 것을 알아요. 거친 말로 포장해 낸 이유가 분명 존재하겠죠.

그러나. 불결하다니요. 그럼 B가 원하는 것은 순결인 걸까요. 불결 그리고 순결. 그것은 뭐죠? 불결한 것과 순결한 것을 가르는 경계가 있다면 찾고 싶어요. 바다와 강이 만나는 지점에서 두 곳의 물이 섞이지 않는 곳이 있다는 걸 들은 적이 있어요. 바다의 물결과 강의 물결이 맞닿아도 결코 두 곳은 섞이지 않는대요. 그래서 그곳에 다다르면 각 공간의 색이 혼합되지 않고 경계 지어져 있대요. 그 모습이 마치 전혀 다른 두 세계가 공존하는 듯 보인대요. 그러나 불결을 명확히 가르는 물결 같은 것은 없을 거예요. 언제나 오묘한 빛깔을 띠고서 존재해요. 언젠가 거울로 만들어진 미로에 들어갔던 적이 있어요. 서로 반사된 거울이 무수한 길을 그려내 자신들을 향해오는 이들을 혼란에 빠뜨리는 곳이에요. 만약 그곳에서 달리기를 하게 된다면, 제대로 된 길이 아닌 곳에 돌진해 버려, 벽을 이루는 거울이 산산조각이 나 피를 맛보게 될 거예요. 그저 공기만을 품에 안고서 침묵하는 참된 길과 달리, 악마가 쉽게 흘리는 아이를 유혹하듯, 자신이 실재하는 길인 듯 주장하는 거울에 온통 둘러싸여 있기 때문이죠. 순결은 그런 것이에요. 어느 것이 가짜이고 진짜인지 만져보기 전까지는 알 수 없어요. 순결이라는 이름하에 포장된 알맹이의 실체는 그 껍데기가 벗겨지기 전까지는 자신을 드러내지 않으니 말이에요. 셰익스피어는 진정한 순결이 달빛 아래서도 제 몸을 드러내지 않는 거래요. 순결. 제 모습을 감추는 것이 순결이라니요. 그것은 내면 속 켕기는 무언가를 숨기기 위함이 아닌가요? 그것이야말로 불결한 것이 아닌가요? 정말 진정한 순결이 그런—그저 순결이라는 이름하에 제 몸을 숨기는— 것이라면, 고귀한 숨결이 달의 몸통에 도달하기까지 대체 얼마나 긴 여정이 필요한 건가요. 순결을 지닌 자는 달빛이 자신의 알몸을 내비쳐도 결코 부끄러워하지 않을 거예요. 난 순결에 대해서도 불결에 대해서도 모르겠어요. 그렇기에 꽃들이 불결해 보인다는 대사만을 한없이 곱씹을 뿐인가 봐요.

곧이어는 제가 가장 좋아하는 장면이 나올 차례입니다. 대사가 닳도록 들었지만, 귓가를 스치는 독백 소리는 여전히 제

가슴을 두드리며 슬픈 마음을 물들입니다.

　-당신, 길모퉁이에 피어난 들꽃들의 수를 헤아려본 적이 있나요? 사람들의 발걸음에 묻혀 짓이겨진 풀잎들을 본 적이 있나요?

　이 대사를 들을 때면 어쩐지 어린 왕자의 장미 이야기가 생각납니다. 자신만 존재하는 행성에서 한 송이의 장미를 소중히 다루었던 그의 이야기 말입니다. 이야기 속에서 어린 왕자는 작고 작은 행성 속에서 살아가는 일상을 뒤로하고 여정을 떠납니다. 어린 왕자는 자신의 행성을 떠나오면서는 그간 함께했던 장미에 대한 사랑을 알지 못합니다. 그러나 기나긴 여정 속에서 세상의 여러 조각을 맛보며 장미에 대한 사랑을 깨닫게 됩니다. 수많은 장미가 자리하는 모습을 보고는 자신의 장미가 소중한 까닭은 장미를 길들인 시간 때문이라고 말합니다. 그렇게 어린 왕자는 세상의 빛나는 모든 조각은 눈에 보이지 않는 중요한 것이 감추어져 있기에 반짝일 수 있다는 사실을 알게 됩니다. 그러나 어린 왕자의 이야기 속에서 어른들은 이렇듯 진정 소중한 것을 알지 못하는 바보로 나타납니다.

　A는 B에게 있어 그런 바보 같은 존재였던 걸까요. 어찌 보

면 A의 행동은 흔히 어른들이 하는 모습이었을 테니까요. 별들의 반짝임보다 그 수를 더 중요히 여기는 어른들이요. A는 분명 진심 어린 마음을 건넸을 테지만, 자신이 건넨 손길을 바라보는 이의 시선을 생각하지 못했어요. B가 원했던 것은 확실하지 않으나 한 가지 분명한 것은, B는 별들의 수를 중요시하지 않았다는 것입니다. A가 놓친 세부의 틈이 어쩌면 B에게 상처로 다가왔는지도 모르겠어요–사실 작은 틈을 채우는 것은 세상을 살아가는 모든 이들의 난관이겠지만요–. B는 A가 그저 화려한 꽃만을 피워내 그 속에 벌레를 감추고자 했을 거라는 생각에 저리도 날카로운 말을 뱉어낸 걸까요. 다음 이어질 대사를 마음속으로 읊조리며 배우의 입을 바라보았습니다.

–제각기 다른 색을 지닌 꽃들이 그 어느 가로등보다 밝은 불을 비춘다는 것을 알고 있나요?

A가 얼빠진 표정을 하고서 멈췄습니다. 초롱불이 일렁이기라도 하는 듯 A의 두 눈동자가 맑게 빛나고 있습니다. 유난히 밝게 반짝이는 눈망울과 대비된 얼굴이 아주 깊은 슬픔에 잠겨 있는 듯 보입니다. 손에 쥐고 있는 꽃과는 달리 밝은 불을 잡을 수는 없었나 봐요. 어쩐지 주위가 어두워져 몸 선이 점

점 흐려지는 듯 보입니다. 상대의 요지부동인 확고한 마음에 A의 표정도 덩달아 굳어져 가는 듯해요. 그들의 사랑은 틀어지고 있어요. 겨울날 식사 시간에 남긴 빵조각이 쩍쩍 갈라지듯 말이에요. 그들과 함께 나의 슬픔도 갈라지고 있습니다.

─당신은 인간이 하나의 악기만으로 연주되는 곡이라 생각하나요?

'대답해!'

A가 가슴 속 웅어리진 제 마음을 고백하기를 바라지만 끝내 입을 꼼짝하지도 못합니다. 둘의 발걸음은 어긋나버렸습니다. 어느새 다른 곳을 향해가고 있었지요─어쩌면 처음부터였는지도 모르겠지만요─. 사랑에 있어 이정표가 존재했다면 이들의 고통이 줄어들었을까요. 매뉴얼 따위가 주어졌다면 사랑의 수는 틀리지 않을까요. 돛과 같은 것이 있었다면 갈피를 잡기 수월했을까요. 결코 이 극에서는 그 사실에 대해 알지 못한 채, 엇갈린 방향으로 나아가는 두 명의 모습을 바라보며, 홀로 가슴속에서 울리는 메아리만을 품을 뿐이에요.

─당신은 바보입니다. 당신은 아무것도 몰라요. 더 이상 제

게 얼굴을 비추지 말아 주세요.

아, 슬퍼요. 두 사람의 처절한 사랑이 극에 달하는 순간입니다. 고백을 거절당한 A의 손에 쥐어진 꽃다발이 눈에 띕니다. 어미를 잃은 새끼 양이라도 되는 듯 가녀린 몸이 옅게 떨리고 있습니다. 어쩐지 그새 시들기라도 해 보이는 저 꽃다발이 처량해 보여요. 아, 슬퍼요. 품에 안은 작은 용기 너머로 진심을 발 뻗게 하지 못했던 걸까요. 자신의 모든 마음을 꽃에 담아버려 상대에게 내어줄 마음의 여지를 남기지 않았던 걸까요. A의 손에 쥐어진 꽃과의 눈 맞춤을 등지고서 B는 퇴장합니다. 이제 홀로 남은 A의 머리칼 위로 노란 조명이 쏟아지고 있습니다. 봄볕이 위로의 손길을 건네기라도 하는 듯, 사뭇 냉랭해진 둘의 사이와 반전된 따스한 분위기를 불어넣어 줍니다. 남겨진 A의 머리 위로 전환된 조명이 서서히 페이드아웃 될 즈음, 객석에서는 하나둘씩 코를 훌쩍이는 소리가 들려옵니다.

저택에는 밤이 금방 찾아온다는 것을 알고 있나요. 울창한 나무들에 둘러싸여 금세 어둠이 찾아들기 때문이죠. 아름다울수록 그 빛의 색은 쉽게 닳아버립니다. 그 빛깔을 유지하는 일은 어려워요. 조금만 다른 색이 가미된다 하더라도 그 색의 변화를 금방 눈치챌 수 있으니까요. 이 저택에도 밤이 찾아왔습니다. 어둠으로 짙어진 정원에서 이제는 나비들도 눈에 보이지 않죠. 별들만이 눈을 깜박이는 이곳의 하늘에서 내리는 작은 빛들이 그나마 길을 밝혀줍니다. 그 빛을 따라 건너온 정원 너머의 대문을 또 한 번 지나오면, 가까워진 나무들이 또 한 번의 어둠을 가져다주고 극은 막을 내립니다.

이 이야기의 결말에 대해서는 말할 수 없어요. 나의 입을 함부로 놀리며 한 편의 극을 해칠 수는 없기 때문이에요, 여러분에게 들려줄 수 있는 건 오직 한 마디의 대사 뿐입니다.

─아아, 그대는 나의 영웅이었어요.

신음처럼 엷은 목소리로 읊조리는 대사를 마지막으로 이야기는 막을 내렸습니다. 마지막 대사를 읊은 이가 누구인지에 대해서도 말하지 못해요. 다만 한 가지 사실은, 셀 수 없이 반복된 극 속에서, 이 순간이면 언제나 적막 속에서 관객들의 떨리는 숨결만이 존재했다는 것입니다. 여린 숨결들이 정적과 손을 맞잡았을 뿐이에요.

막을 내린 극장을 뒤로하고 집으로 가는 길에는 해가, 뉘엿

뉘엿 고개를 넘어가며, 세상을 선홍빛으로 물들이고 있었습니다. 노을빛이 마음속에 차올라 넘실거린 탓인지 붉은 해 너머로 선선한 바람이 이는 순간, 말로 이룰 수 없는 슬픔이 드높은 파고처럼 튀어 올랐습니다. 온몸이 수분이 들끓어 오르는 듯했어요. 머릿결을 타고 흐르는 바람이, 오히려 제 마음에 불을 지폈던 것인지, 시원한 공기를 풍겨왔지만, 몸에서는 장작과 같이 불이 타오르고 있었습니다.

저택을 방문한 후면 괜히 초라한 마음이 들곤 합니다. 나의 작은 집이 유독 볼품없어 보이기 때문이겠죠. 그 넓은 곳에서 지고 온 것은 신세 한탄뿐인 듯해요. 저는 저택이 지닌 드넓고도 풍족한 모습과는 달리 가진 것이 없어요. 몇 번이고 초인종을 누르고서 설레발을 치지만, 사실 그 속에 있는 것이 무엇인지 진작에 알고 있었어요. 수많은 방문을 하며 이미 모든 구조를 파악했기 때문이에요. 너무나 아름다운 외관의 모습에 홀려 나는 반복된 고비(叩扉)를 범했습니다. 제겐 소중한 꿈이 있었어요. 그러나 언제나처럼 열리는 문을 향해 발길을 치다 나의 꿈은 어느새 산산조각이 나버렸습니다. 고이 품어온 그 마음을 잃어버릴 가능성을 주의하지 않고 잠시 외면했던 탓일 테지요. 어쩌면 두려웠던 걸지도 몰라요. 꿈을 지킬 수 있는 아무 힘도 지니지 못했다고 생각했으니 말이에요. 저택에 들어서면 꿈속의 광휘를 마음껏 누릴 수 있습니다. 모든 것을 손에 쥘 수 있지요. 내가 지니지 못한 힘을 꾸릴 수 있는 유일한 곳입니다. 드넓은 하늘의 능선 아래서 자신을 뽐내는 그곳은 낙원이에요. 그러나 저를 한껏 치장해 주었던 것들은 저택을 벗어나면 더 이상 제 곁에 설 수 없습니다. 그렇기에 암울한 마음이 깊어지며 곧바로 선 모습은 온데간데없이 사라지고 말죠. 진실을 외면하고 싶어 찾는 거짓말은 결국 흐물하게 녹아버리라는 것을 알면서도 저는 거짓을 조각하려 했습니다.

그렇게 저는 모든 대사와 동선 그리고 배우들의 표정까지 머릿속에 입력되기까지 같은 극을 반복해 재생하고 있습니다. 극장의 문이 열리는 순간부터 닫히는 순간까지 나는 그곳에서 빠져나올 수가 없어요. 발에 족쇄라도 묶인 듯, 하늘의 해가 매일 떠오르는 듯, 마치 순리인 것처럼 자연스레 극장으로 향하는 발길을 붙잡지 않았습니다. 게으름을 피워서는 안되는 하나의 업무인 듯 놓치려 하지 않았습니다.

처절한 사랑조차 매듭짓는 저 이들과는 달리 나는 그 어떤 것도 하지 못합니다. 극을 보고 난 후면 내가 한심하게 느껴져요. 파도가 칠지언정 자신의 사랑을 확신하며 노를 저어가는 이와 달리, 나는 그 어느 것도 손에 쥐지 못해요. 매번 내 마음을 두드리는 슬픈 감정이지만, 오늘은 유독 그 색이 짙어 나를 틈 없이 칠하고 있어요. 너무나 두터워진 이 색에 덮여 숨이 조여와요. 진흙에 하체가 빠져 허우적이다 더 깊은 수렁 속을 향해 가고 있습니다.

어째서 나는 앞으로 나아가지 못하는 것일까요. 백날 같은 대사만을 읊조리는 제 자신이 너무도 한심합니다. 저는 늘 반복되는 일정한 극 속에서 살아가고 있습니다. 이곳이 진정한 현실이긴 할까요. 나는 무얼 향해 물결 속을 헤집는 해파리처럼 힘없이 허우적대는 걸까요. ─해파리는 흘러가는 물결에 제 몸을 맡기고 살기에 물결이 흐르지 않으면 살아갈 수 없대요. 오늘을 알지 못한 채 살아가는 내가, 파도가 치지 않으면 시체가 되어 해안가로 밀려오는 해파리와 다를 바가 있나요.─ 바보처럼 꽃동산만을 빙글빙글 돌고 있는 것만 같아요. 옮겨가며 꽃의 꿀을 채집해 가는 나비의 모습은 사라지고, 진득한 진물로 꽃잎을 덮어버리는 벌레들이 우글우글한 꽃동산 말이에요. 야금야금 살을 파고드는 벌레 탓에 생기 있는 꽃의 모습은 잃었지만, 남아 있는 꽃향기가 은은하게 퍼져와 머리가 지끈해요. 아, 괴로워요. 이 고통에 몸부림치는 제게 어째서 아무도 나타나지 않는 겁니까? 아아, 나의 구원자는 어디 있나요? 아아, 내 사랑은 어디에 있는 건가요? 날 비추는 하늘의 태양은 이리도 뜨겁게 몸을 달구는데 어째서 나는 이곳에 얼어붙어 가는 걸까요.

아아, 나의 영웅이 될 그대는 어디에 있나요?

누군가가 나를 따스한 손길로 녹여줬으면 좋겠어요. 날 어루만져줄 이는 없는 걸까요. 누군가 안온함으로 날 감싸안아줬으면 좋겠어요. 내게 필요한 건 오직 그뿐이에요.

어린 시절 여러 아이들과 함께 술래잡기를 한 적이 있었습니다. 술래에게 잡히면 얼음이 되어 움직일 수 없었습니다. 술래가 아닌 이가 땡! 하고서 풀어주기 전까지는요. 그날도 여느 날처럼 아이들과 함께 술래잡기를 했습니다. 술래에게 붙잡혀 얼음이 되어도, 선선한 바람이 실어 오는 꽃향기에 입가에 미소가 지어지던 날이었습니다. 아이들이 뛰어다니는 고원 위로는 푸른 하늘이 드넓게 펼쳐져 있었습니다. 하늘을 올려다보자, 몸을 옮기는 구름들이 눈에 보였습니다. 살이 붙은 구름은 무척 뚱뚱했지만 유연하게 하늘을 헤엄치는 모습이 신기하게 느껴졌습니다. 큰 몸을 이고서 향하려는 곳은 어디일지 궁금했습니다. 끈끈하게 뭉친 저 덩어리가 커다란 땅덩어리처럼 느껴지기도 했습니다. 저곳에서 술래잡기를 해도 재밌겠다는 생각에 빠져든 순간, 술래에게 붙잡혀 얼음이 되었다는 사실을 상기시켜주듯, 다른 아이들이 뛰어노는 소리가 귓가에 울렸습니다. 얼음이 된 아이들은 누군가 자신을 땡! 하고서 녹여주면 잽싸게 달려 얼음이 된 다른 아이를 찾아가 자신이 누군가를 땡! 하고 녹여주었습니다. 술래는 그 사이를 누비며 쉼 없이 다른 아이들을 붙잡아 얼음으로 만들었습니다. 어쩐지 얼음이 되면 금세 누군가가 나를 녹여주는 보통의 날과는 달리 그날은 얼음에서 벗어날 수 없었습니다. 머리 위를 건너는 새의 자태를 눈 흘겨보고, 고원을 둘러싼 나무의 색채를 눈에 담고, 개미들이 발아래서 줄지어 횡단하는 모습을 뚫어져라 쳐다보고, 눈이라도 마주칠까 하는 마음에 한참이나 다른 아이들의 눈을 바라보는 동안에도, 아무도 나를 찾지 못했습니다. 투명 인간이 된 것만 같았어요. 그 누구도 내가 얼음이 되었다는 사실을 알지 못한다는 생각에 접어들자, 무척이나 고독한 마음이 들었어요. 입가에 번지던 미소는 어느새 힘을 잃었어요. 아이들의 소리가 아주 먼 곳에 있는 듯 아득하게 들려왔습니다. 가만히 서 있는 제자리에서 영원토록 벗어날 수 없을 것만 같았어요. 땅에 뿌리를 박은 풀잎들이 나의 발을 끌어들이는 듯했습니다. 한 손에 담을 수 없는 허망함과 슬픔이 온몸을 찌르는 것만 같은 고통을 참을 수 없었어요. 이 답답한 마음에 내리쬐는 햇볕이 나의 머리를 펑! 하고 터뜨릴 것만 같았어요. 외로웠어요, 아주 많이. 아무도 내가 얼음이 된 것을 모른다는 사실이 비참했어요.

어쩌면 그때의 술래잡기는 지금 이 순간을 위한 예행연습이었던 걸까요. 홀로 하는 이 술래잡기를 멈추고 싶어요. 밀려오는 답답함이 숨을 막히게 해요.

집에 돌아와서는 곧바로 잠을 청했습니다. 이 세계와 더는 눈 마주치고 싶지 않았어요. 극 속에 빠져들듯 깊은 잠에 빠져들고 싶었습니다.

언제나 눕는 방향에 따라 눈물이 흐르는 눈이 달리 정해져요. 붙어 있지만 서로 다른 세계인 것처럼요. 쌍둥이라고 해서 꼭 복제인간 같은 행동을 하는 것은 아닌 것처럼 말이에요. 그날 밤에는 오른쪽 눈에서 눈물이 흘렀습니다. 뜨거운 눈물 한 방울이 감은 눈 사이로 흐르는 것을 느꼈습니다. 두 방울을 흘릴 수조차 없었어요. 꽁꽁 얼어붙은 마음속에서는 정말 딱 한 방울만이 눈을 탈출구 삼아 흘러 베갯머리를 적셨습니다.

성체가 된 나비의 모습에 이르기까지 애벌레가 변태하는 시간은 그리 길지 않은 것 같은데, 심지어 그들은 그저 잠에서 깨어날 뿐인데, 나의 성장은 왜 이리도 어둡고 고독한 것일까요. 이 쓰라린 아픔이 언제까지 이어지는 걸까요.

눈물 방울을 수면제 삼아 잠들었습니다. 그리고 꿈을 꿨어요.

　그곳에서 나는 자욱한 어둠 속에 우두커니 서 있었습니다. 저 멀리 보이는 작은 빛을 향해 걸어갔습니다. 그날 밤에는 별빛이 무수하게 쏟아지고 있었습니다. 별들이 만들어낸 길을 따라 저 빛을 향해 걸어갔습니다. 유난히 빛나는 별 조각 가루에 몇 번이고 길을 헤매었지만−신기루가 눈속임하는 것처럼−, 작은 빛이 손에 닿기까지 담담히 앞으로 나아갔습니다. 그렇게 한 걸음 한 걸음을 묵묵히 나아가자, 어느새 조그마한 빛이 물풍선처럼 부풀어 올라 두 발 앞에 자리하고 있었습니다. 새초롬한 꽃잎이 제 몸의 결을 따라 밤바람에 살랑입니다. 민들레, 그것은 민들레였습니다.

　민들레.

　그래요. 나는 민들레를 좋아해요. 가녀린 숨결을 뿜어내는 푸른 잎사귀 위로 팔랑이는 노란빛 꽃잎이 얼마나 아름다운지 몰라요. 단조로운 빛을 띠고서 길모퉁이에 자리하는 민들레. 들꽃들 사이로 머리를 내미는 민들레. 그래요. 나는 민들레를 좋아해요.

"네가 나의 걸음을 이리로 이끌었구나. 아가야 네 눈망울을 보고 싶어. 네 작은 빛을 내게 잠시 빌려줄 순 없을까."

　민들레의 귓가에 닿지 않도록 작은 목소리로 속삭였습니다. 나의 발걸음을 이끈 저 아이라면 왜인지 나를 도와줄 것만 같았으니까요. 제아무리 비바람을 뚫고서 강인하게 자라난 전사일 테지만 어쩐지 미안한 마음에 큰소리를 꺼낼 수가 없었습니다. 그러나 민들레가 제 목소리를 들었던 것일까요. 민들레의 꽃잎에서 휘황찬란한 광채가 선을 이루어, 나의 머릿속을 관통하는 것이 느껴졌습니다.

　그때 손바닥의 크기도 채 안 되는 저 작은 꽃이 홀로 자리하는 모습을 보니 괜히 목울대가 울렁였습니다. 저 아이가 내린 뿌리의 깊이를 알 수 없지만, 작은 씨앗이 무성한 꽃잎을 이루기까지 얼마나 많은 노력을 했을까요. 지난밤을 한탄하며 보내온 시간 동안 저 아이가 이루어냈었을 뿌리의 길을 생각하였습니다. 한탄하는 시간들로 지난 날을 채워온 나의 모습이 너무나도 부끄러웠어요. 괜한 눈물이 차올라 목울대가 간지럽게 울렁였습니다. 그 눈물들이 무수한 원을 이루어 뺨을 타고 흘렀을 때 잠에서 깨어났습니다.

　아직 동녘의 해가 떠오르지 않은 새벽이었습니다. 창가에 맺힌 이슬이, 나의 눈물을 대변하기라도 하는 듯, 창문을 두드리고 있었습니다. 박명의 새벽빛을 따라 집을 나섰습니다. 좋아하는 언덕에 가고 싶었어요. 꿈속에서 나를 어루만져주었던 어린 민들레를 떠올리며 언덕길을 올랐습니다.

언덕을 오르는 동안, 민들레와의 눈 맞춤을 통해 눈물이 흘렀던 순간, 작은 손길이 눈가를 스친 것을 기억했습니다. 내게 다가온 그 손길의 몸짓이 너무도 강렬해 그것을 꼭 찾아내고 싶었습니다. 가느다란 겹을 이룬 민들레의 잎이 제 곁에 자리했기 때문일까요. 꽃가루가 콧등을 스쳤기 때문에 정신이 아득해졌던 걸까요. 그 순간을 반복해 되뇌었습니다―마치 극을 보듯 말이에요―. 민들레의 뿌리가 떠오른 순간 왜 눈물이 흘렀을까요.

안개가 유난히도 짙게 깔려 있어 언덕의 정상에 다다랐지만, 그 사실을 한참이나 뒤늦게 알아차렸습니다. 이곳의 언덕엔 아주 큰 수목이 자리합니다. 수백 년은 족히 살아 거대한 나무가 주는 압도감을 말로 할 수 없을 정도예요. 땅 위로 자라난 나무뿌리에 걸터앉고서 깊은숨을 들이마셨습니다. 어느덧 시간이 흘러 희미했던 햇빛이 선명해지고 있었습니다. 바람에 출렁이는 나뭇잎 사이로 내리쬐는 볕이 따뜻했습니다.

그 순간, 눈을 찌르는 직사광선이 아닌 나풀거리는 나뭇잎이 눈에 띄었습니다. 오랜 시간 곁에 있어온 나무였지만, 이

커다란 존재의 경계를 이루는 끝을 바라본 것은 처음이었습니다. 살랑살랑, 제 모습을 가누지 못하는 저 모습이 여리게 느껴졌습니다. 그와 동시에 불안정한 존재처럼 느껴졌습니다. 언제나 나무는 완전하다고만 생각했던 나의 생각이 틀렸다는 것을 깨달았어요. 그때 등에 기댄 나무 기둥이 울퉁불퉁함이 사뭇 생생하게 다가왔습니다. 나무 역시 불완전한 존재였습니다. 수백 년의 시간을 뿌리내려온 저 나무조차 완전하지 못한 존재인데 어째서 나는 완전해지기만을 고대했던 걸까요. 숨이 붙어 있는 한, 뻗어가는 시간 속에서, 끊임없이 변형하며 형체를 갖추는 존재란 걸 망각했습니다—처음부터 알지 못했을지도 모릅니다—. 묵묵히 뿌리내려온 나무의 정성과 달리 심혈을 기울이지도 않고 나는 아름다움을 품에 안고자 하였습니다. 곧게 뻗어가는 햇빛과는 다르게 이리저리 불규칙적으로 뻗어가는 나뭇가지를 한참이나 눈에 담았습니다. 온몸으로 나무의 고르지 않은 기둥과 튀어나온 뿌리를 느끼며, 결코 멈춰 서지 않고 불안하게 몸을 기울이는 어린 나뭇잎을 바라보았습니다.

　바람이 멈추지 않고 불어왔습니다. 속삭임을 전하듯 소근소근 내게로 다가왔어요. 머리칼을 흩트리는 저 바람을 앞으로도 수없이 만나게 되겠죠. 어쩌면 짜증을 낼지도 몰라요. 분명 내가 원치 않은 순간에 나타나 놀라게 할 테니까요. 바람을 온 마음으로 품에 안을 수 없을지도 모르죠. 나의 두 뺨을 발그레하게 물들일지도, 손바닥에 땀이 흥건해지도록 만들지도, 이전까지 만난 적이 없는 눈 맞춤을 선사해 줄지도, 나를 깊이를 알 수 없는 수렁에 빠뜨릴지도 몰라요. 그러나 변덕쟁이 같은 바람이 나에게 어떤 짓을 한다 해도 반가운 마음이 들 거예요. 난 그저 그런 바람에게 안녕의 인사를 건네고 싶어요.

아, 겨울이 오나 봐요. 실어 온 바람에 한껏 차가운 공기가 느껴졌어요. 겨울 냄새가 나요. 향으로 다가온 겨울의 온기에 지난밤 달아올랐던 불이 식어가는 듯 느껴졌습니다. 두 볼이 찬 기운으로 덮이는 것을 느끼며 머지않아 다가올 겨울의 모습을 생각했습니다. 겨울은 다가오는 동시에 녹아들어요. 얼어붙은 땅 위로, 나무들의 뿌리 아래로. 저 푸른 하늘을 떠도는 눈 결정체들조차 허공 아래로 스며들어 봄의 뿌리가 되지요. 이 겨울이 녹아들면 봄볕이 곁을 찾아올 거예요. 싹을 움튼 새순과 함께 말이에요.

그날 이후 나는 극장을 찾아가지 않았습니다. 쉬운 일은 아니었어요. ―계단의 틈 사이로 피어오르는 먼지 냄새가, 향연을 이루는 무대의 몸짓이, 극장에 자리한 모든 것들이― 너무도 그리워 눈물이 약도를 그려냈지만 나는 찾아가지 않았어요. 지난밤 손길을 내민 어린 민들레를 외면할 수 없었기 때문이에요. 뿌리를 내리는 작은 시간들을 채우기 시작하자 같은 수를 가리키는 시곗바늘의 몸짓이 더는 눈에 거슬리지 않았습니다. 나를 찾아온 눈물들이 이제 비늘이 되어 나를 지켜주기 시작한 거지요.

새로이 꾼 꿈에서 민들레는 홀씨가 되어 밤하늘의 빛으로 날개를 뻗어내고 있었습니다. 어둠 너머로 널리 씨앗을 퍼뜨려 또 다른 뿌리를 전파할 테지요. 빛을 잃은 유랑자들에게 민들레의 손길이 닿기를 소망한 순간, 꿈에서 깨어났습니다.

처음 영웅이라는 주제를 들었을 때 특정한 사람에게만 해당되는 존재가 아닌 모두가 품에 안을 수 있는 존재를 그리고 싶었습니다. 또한 많은 사람들이 이미 그려낸 영웅보다는 저만이 나타낼 수 있는 영웅을 나타내고 싶었습니다. 그렇기에 영웅에 대해 곰곰이 생각해 보았습니다. 여러 사전적 의미를 찾아보며 영웅이라는 존재의 본질과 가치에 대해 궁구하였습니다. 영웅은 해결하기 어려운 난제에 대한 해답을 제시해 주기에 가치롭다고 생각했습니다. 그 해답이 도움이 필요한 이에게는 분명 구원의 손길로 닿게 될 거라 여겼기 때문에 영웅은 '누군가를 구원해 줄 수 있는 힘을 지닌 이'라고 스스로 정의 내렸습니다.

중학교 시절 저를 낙심하게 한 사건이 있었습니다. 지금에서야 떠올려보면 오랜 시간 동안 아파할 만큼 큰일이 아니었지만, 당시에는 처음 겪어보는 일을 대하는 방법이 서툴렀기에 고장 난 나침반처럼 이곳저곳에서 휘둘렸습니다. 세상을 삐뚤어진 시선으로 바라보며 온갖 부정적인 것들이 머리를 침식하게 두었습니다. 그렇게 방황하던 시절을 보낸 후에, 이러한 부적절한 것들은 나를 채우기보다 텅 빈 내면을 두드리게 할 뿐이라는 사실을 깨달았습니다. 이 깨우침을 바탕으로 긍정적인 곳으로 나아갔습니다. 비관적인 태도를 버리자 이전에는 보지 못했던 것들이 눈에 담기며, 세상이 예쁘고 황홀하게 빛나 보였습니다. 성찰하고 반성하는 시간을 쌓아올리자 지난날의 제가 너무나 부끄럽기도 했습니다. 남이 동요하였다면 움직이지 않았을 마음을 스스로 다잡으며 결국 자신을 구원해 줄 수 있는 것은 오직 본인뿐이라는 것을 깨달았습니다. 현재 2025년까지의 삶 중 저의 큰 전환점이 되었던 이 경험을 되살리면 제가 나타내고자 하는 영웅을 그려낼 수 있을 것이라 생각했습니다.

이야기 속에서 화자는 현실을 도피합니다. 꿈속에서만 한정된 것들은 깨어나면 결국 허망하게 느껴질 것을 알면서도 도망치려 합니다. 진실을 외면하고 어쩌면 조금 비겁한 태도로 삶을 이어가는 존재입니다. 그 사실에 스스로도 괴로워하며 보다 나은 삶을 살고자 하는 의지를 드러냅니다. 그럼에도 불구하고 여태껏 고통스러운 상황 속에서 빠져나오지 못했던 까닭은 화자 본인이 나약해서라고 여기고 싶지는 않습니다. 사실 이에 대해 몇 번의 암시가 드러나 있습니다. 화자의 의식이 이를 명확히 발견하지 못했을 뿐 사실 진작에 구덩이를 벗어날 수 있는 깨우침을 지니고 있습니다. 그렇기에 꿈속에서 어린 민들레를 만날 수 있었다고 생각했습니다. 꿈은 의식의 작용이기에 대부분 본인이 지닌 것이-두려움의 대상이라던가 동경하는 존재 무의식이 그려낸 형상과 같은- 나타난다고 알고 있습니다. 때문에 화자가 발견하지 못했던 스스로의 제시책을 손에 쥘 수 있도록 도와주는 내면의 또 다른 자아를 형상화하고자 하여 민들레를 그려냈습니다. 민들레 홀씨의 꽃말은 새로운 시작이라는 사실을 투영하여, 중학생 시절의 제가 경험했던 전환점처럼, 주인공이 만나게 된 전환점을 담아냈습니다.

사실 작품을 쓸 당시 여러 일들로 인해 심적으로 많이 힘들던 시기였습니다. 때문에 이야기를 쓰며 제 자신에게 위로를 건넬 수 있었던 것 같습니다. 스스로에게 위안을 건네며 다시 한번 세상을 향해 발 디딜 용기와 힘을 얻은 것 같습니다.

또한 작가에게 있어서 중요한 것은 자신만의 세계를 구축하는 것이라고 생각합니다. 이번 동아리 활동을 통해 작가에게 있어 필요한 역량을 작게나마 기를 수 있었던 것 같습니다. 이야기를 구성하며 부족한 점을 깨닫고 보완하는 과정을 거치며 작가의 간접 경험을 할 수 있어 뜻깊었습니다. 또한 글쓰기 활동을 통해 여러 방면에서 성장할 수 있어 의미 있었습니다. 그리고 무엇보다 저의 진로 방향성에 대해 확신을 가

질 수 있게 되었습니다.

저의 글을 읽어주신 독자 여러분이 삶을 대하는 태도가 어떠한지는 알지 못하지만 저의 글을 통해서 보다 긍정적인 방향으로 나아가는 계기가 되었으면 좋겠습니다. 혹여나 지금까지 그러지 못했다면, 스스로를 통해 해답을 찾을 수 있도록, 가슴속에 남몰래 품고 있는 당신의 영웅과 눈 맞춤을 할 수 있기를 기원합니다. 모든 이들에게 평안의 날이 찾아오기를 바라며 글을 마칩니다.

가짜 뉴스 공화국

권민주

2059년, 세상은 갈등으로 뒤덮여 있었다.

빈부격차는 더 이상 수치로 표현할 수 없을 만큼 벌어졌고, 세대 간의 단절은 언어조차 통하지 않을 지경이었다. 남녀 간의 혐오와 정치적 분열은 사회의 일상적인 공기가 되었으며, 사람들은 자신과 생각이 다른 이들을 인간으로 보기보다 공격해야 할 적으로 여겼다. 개인주의는 극에 달했고, SNS는 증오와 냉소로 가득 찬 하나의 거대한 전쟁터가 되었다.

그때 정부는 '갈등 해소'라는 명분 아래 하나의 혁신적인 시스템을 내놓았다.

이름하여 GDSA(Global Data Stability Algorithm).

이 프로그램은 모든 뉴스의 내용을 인공지능이 자동으로

수정·가공하여 국민에게 전달하는 체제였다. 표면적인 목표는 단순했다.

'불필요한 불안과 분열을 줄이고, 국민이 더 평온하게 세상을 바라보게 하는 것.'

그러나 GDSA는 단순한 뉴스 편집 시스템이 아니었다.

이 알고리즘은 SNS 게시글, 개인 메시지, 커뮤니티의 담론까지 실시간으로 분석·필터링하며, 사회에 '불안정'하다고 판단되는 정보와 감정을 순화하거나 삭제했다. 사람들은 여전히 자유롭게 말하고 있다고 믿었지만, 그들의 말은 이미 부드럽게 깎이고 다듬어진 뒤 세상으로 흘러나가고 있었다.

GDSA가 작동하기 시작하자, 세상은 눈에 띄게 조용해졌다. 거짓된 평화가 사회 전반을 덮었다. 인공지능은 모든 뉴스를 국민이 듣고 싶어 하는 방식으로 바꾸어냈다. 살인사건은 '사회적 불운'으로 표현되었고, 대기업의 부패는 '경제 안정의 과정'으로 포장되었다. 어떤 범죄는 기록에서조차 사라졌고, 진실을 요구하던 피해자는 오히려 '불온한 자'로 낙인찍혔다.

진짜 뉴스는 여전히 존재했지만, 그것은 더 이상 힘을 가지지 못했다. 사람들은 따뜻하고 편안한 거짓을 진실보다 선호하게 되었고, 냉혹한 현실을 알려주는 자는 '불온한 자'로 낙인찍혔다.

초기에는 거센 반대가 있었다. 언론인들은 언론의 죽음을 외쳤고, 시민단체는 광장에 모여 "진실을 돌려달라"고 외쳤다. 그러나 5년이 지나자 상황은 달라졌다. 사회의 갈등지수는 눈에 띄게 줄었고, 자살률은 감소했으며, 국가의 행복지수는 사상 최고치를 기록했다. 무엇보다 일의 효율이 크게 향상되면서 경제성장률은 폭발적으로 상승했다. 사람들은 결국 이렇게 말했다.

"거짓이라도 괜찮아. 평화롭잖아."

그리하여 세상은 진실을 잃는 대신, 고요를 얻었다. 그리고 그렇게, 인류는 '가짜뉴스의 낙원' 속으로 들어갔다.

Chapter 1. 검은 화면 속의 진실

그로부터 13년이 흘렀다. GDSA가 세상을 장악한 지도, 그리고 사람들의 분노가 조용히 사라진 지도 벌써 오랜 시간이 지났다.

거짓이 진실이 되고, 진실이 허위로 매도되는 시대.

사람들은 더 이상 세상을 의심하지 않았다. 그들은 단지 주어진 뉴스를 스크롤하다가, 따뜻한 거짓 위에 안심하며 잠들

뿐이었다.

그러나 그 평화의 틈바구니에서, 한 여자는 세상의 코드를 뒤집고 있었다.

컴퓨터 화면에는 번쩍이는 수십 개의 윈도우가 번쩍였고, 그 안에서는 복잡한 데이터와 암호화된 패킷들이 끊임없이 흐르고 있었다. 그녀는 마치 그것들을 장난감처럼 다뤘다.

이름은 '류한결'.

세상에선 존재하지 않는 유령 같은 인물. 전 세계 보안기관들이 주시하지만 정체를 잡아내지 못한, 실력으로만 보면 이미 국가급 시스템 하나쯤은 장난으로 열어젖힐 수 있는 해커였다.

다만 그녀가 세상을 구하는 정의로운 인물이라면 좋았겠지만 –

그녀에게 그런 영웅심 따위는 없었다.

한결은 그저 심심했다.

그날도 평소처럼 글로벌 서버들을 돌아다니며 장난삼아 침투하고, 각국의 보안망을 테스트한다는 명목으로 해킹을 즐기고 있었다. 흥미가 식으면 그대로 접속을 끊고, 흥미로운 시스템이 보이면 밤을 새워 파고드는 –

그녀의 인생은 언제나 '재미'로 움직였다.

그날도 평소처럼 서버를 샅샅이 살피던 중, 평범하지 않은 패턴을 발견했다. 단순한 랜덤 IP나 공개되지 않은 사이트가 아니었다. 무언가 숨겨진 곳이었고, 접속 흔적과 트래픽 로그를 분석해 보니 일반적인 해외 사이트와 달리 한국 내부망과 연결된 폐쇄형 포럼이었다.

외부와 단절된 구조, 철저히 숨겨진 흔적.

그리고 이상할 정도로 정교한 보안.

"뭐야 이거, 정부 백업망인가?"

한결은 키보드를 두드리며 피식 웃었다.

"이런 건 새미로 한 번 까줘야지."

몇 분 후, 그의 모니터에 새로운 창이 떠올랐다. 검은 화면, 그리고 그 위에 떠 있는 단 하나의 문장.

"우리는 진실을 기억하는 자들이다."

한결은 순간 손가락을 멈췄다.

안쪽으로 더 들어가자 익명 게시판과 채팅 로그가 쏟아져 나왔다. '피해자', '언론인', '전직 공무원', '교수'… 수많은 아이디들이 GDSA의 조작된 뉴스에 의해 무너진 현실을 증언하고 있었다.

누군가는 존재하지 않는 범죄의 가해자가 되었고,

누군가는 정부가 설계한 여론 속에서 직장을 잃었으며,

누군가는 가족의 죽음을 '사회적 불운'이라는 문장 하나로 지워져야 했다.

이들은 자신들을 '리얼라인(RealLine)'이라 불렀다.

가입자는 무려 2만 명이 넘었다.

게시판을 읽어 내려갈수록, 화면 너머의 분노는 전염병처럼 번져왔다. 그것은 단순한 불만이 아니었다.

분노, 절망, 광기, 그리고 복수심.

13년 전 세상을 찢어놓았던 그 혼란보다도 훨씬 더 농축된 감정이었다. 한결은 한참 동안 아무 말 없이 모니터를 바라보다가, 조용히 웃었다.

"뭐야… 이거 이거, 장난 아닌데?"

그리고 그가 자리에서 몸을 일으켰다. 그 웃음 뒤엔 묘한 흥분이 섞여 있었다. 세상 따위에 관심 없던 그가 처음으로 무언가에 '끌린' 순간이었다.

…

Chapter 2. 진실 앞의 회의

한 남자가 서버실의 냉기 속을 걸어가고 있다.

186cm의 늘씬한 체구가 긴 통로의 LED 조명 아래 그림자를 길게 드리웠다. 날렵하게 정돈된 머리카락과 또렷한 이목구비가 조용한 공간에서도 시선을 끌었다. 눈빛은 강단 있었고, 입술에는 쉽게 웃지 않는 날카로운 긴장이 서려 있었다.

GDSA에서 일한 지 2년차. 그의 이름은 정윤호.

정윤호는 누구나 들어오고 싶어하는 GDSA의 핵심 요원이었다. 서버를 관리하고, 기사를 검수하며, 때로는 AI가 작성한 기사를 편집하는 역할까지 맡았다. 처음에는 자부심이 컸다. 국가 최고 수준의 시스템을 손보는 일, 그 과정에서 세상을 더 평온하게 만들 수 있다는 책임감이 흥분으로 이어졌다.

하지만 요즘 들어 회의감이 스며들고 있었다. 서버 로그를 확인하고, AI가 편집하기 전 기사들을 살펴보면, 사람들은 꼭 알아야 할 문제들이 그대로 있었다. 재벌들의 탈세 의혹, 정치인들이 자신들에게 유리하게 짠 정책과 제도들, 사회적 부조리와 숨겨진 불평등까지.

그런데 그 모든 내용은 눈앞에서 수정되고 포장됐다.

'편안한 뉴스'라는 이름으로 왜곡되고, 따뜻하게 꾸며졌다. 사람들은 여전히 행복해 보였고, 통계 자료는 웃음을 보였다.

하지만 그가 느끼는 불편함은 갈수록 무거워졌다.

서버실의 공기처럼 차갑고 정밀한 공간 속에서, 정윤호는 키보드에 손을 올린 채 잠시 멈춰 섰다.

손끝에 닿는 전기적 진동, 데이터가 흐르는 소리, 알고리즘이 살아 숨 쉬는 냉정한 화면.

그는 곧장 알았다. 이 시스템은 완벽하지만, 완전하지 않다는 것을.

진짜 문제를 감춘 평화는 진정한 정의가 아니었다.

옆에서 다른 기자들이 AI가 제공한 기사에 맞춰 원고를 수정하거나, AI에게 새로운 기사를 써 달라고 요청하는 모습을 보며, 정윤호는 씁쓸히 입술을 깨물었다.

"이게… 진짜 좋은 건가?"

그 질문은 혼잣말처럼 새어 나왔지만, 공간을 가득 채운 냉기와 데이터 속에서 점점 무겁게 그의 마음을 짓눌렀다.

그 순간, 그는 한 가지 결심을 굳혔다. 정확히 무엇을, 어떻게 할지는 아직 알 수 없었다. 하지만 진실을 알고 있는 사람으로서, 더 이상 외면할 수 없다는 사실만은 확실했다.

Chapter 3. 두 개의 화면

밤의 도시는 유리처럼 투명하고, 그 속에서 사람들은 행복해 보였다. 거리의 스크린에는 '오늘도 평화로운 대한민국'이라는 문장이 흐르고, 아이들은 웃으며 학교를 오갔다. 뉴스 속 앵커의 미소는 매끈했고, 국민들은 그 미소에 안도했다.

모든 게 잘 돌아가는 듯 보였다.

그것이 GDSA의 세상이었다.

류한결은 어둠 속에 파묻힌 방 안에서 노트북 두 대를 동시에 돌리고 있었다. 한 화면에는 리얼라인의 게시판이, 다른 한 화면에는 GDSA 뉴스 서버의 구조도가 떠 있었다. 코드 라인 사이를 빠르게 오가며 시스템의 흔적을 추적하던 그녀의 눈빛은 차갑고 집중되어 있었다.

리얼라인 내부에서 발견한 로그 파일 하나가 눈에 띄었다.

'원본 기사 데이터'

그녀는 눈썹을 찌푸렸다. GDSA의 AI가 수정하기 이전 단계의 기사들이었고, 내용은 충격적이었다.

정치인들의 비자금, 대기업의 인권 착취, 권력층이 정보를 통제하기 위해 언론을 장악한 정황.

모두 진짜였다.

한결은 숨을 내쉬며 모니터를 노려봤다.

"이걸 다 덮어버렸다고?"

코드에 손이 닿는 순간, 노트북 화면이 잠시 깜빡였다.

"이 새끼들 진짜… 재밌네."

입가엔 비웃음이 걸렸지만, 그 웃음 속에는 처음 느껴보는 묘한 긴장감이 섞여 있었다.

같은 시각, GDSA 본사 지하 서버실.

정윤호는 새벽 근무 중이었다. 서버를 점검하던 중, 시스템 로그의 한 줄이 이상하게 눈에 들어왔다.

'비인가 접근 경로 감지됨.'

몇 초 뒤, 그의 모니터에 데이터 스트림 하나가 스치듯 지나갔다. 마치 누군가가 내부망에 몰래 손을 댄 것처럼.

"이 시간에…?"

윤호는 즉시 추적 코드를 입력했다. 하지만 신호는 이미 사라지고 없었다.

그 대신 남아 있는 것은 원본 기사 파일 몇 개.

그는 마우스를 클릭했고, 눈앞에 펼쳐진 기사 제목을 읽는 순간 숨이 멎었다.

[특종] 장관 아들 비자금 조성 의혹

[단독] 대기업, 폐쇄지역 아동노동 은폐 정황

[기획] '평화' 뒤에 숨은 국가적 검열 시스템

그는 손끝이 떨렸다. 이건 누가 봐도, 세상이 반드시 알아야 할 진실이었다. 그런데 이 기사들은 이미 GDSA의 알고리즘에 의해 삭제될 예정이었다.

몇 초 뒤, 화면이 자동으로 깜빡이며 수정된 버전이 떠올랐다.

[국가 경제 안정 위해 추진된 청년 일자리 개선정책]

[지역 산업단지, 복지 강화 정책 발표]

정윤호는 모니터 앞에서 한동안 말이 없었다. 자신이 관리하는 서버, 자신이 지켜온 시스템이 진실을 지우고 있었다. 그의 시선이 차가운 금속 벽에 부딪혔다.

"우린… 도대체 뭘 만든 거지?"

도시의 네온사인이 동시에 깜빡였다.

리얼라인의 해커와 GDSA의 관리자 −

두 사람의 화면에 같은 데이터 코드가 순간적으로 스쳤다. 단 한 줄의 메시지.

[진실은 여전히 살아 있다.]

그날 밤, 서로 존재조차 모르는 두 사람은 같은 데이터를 바라보며, 같은 불안을 느꼈다.

세상이 조용해진 대가가 무엇이었는지를 – 처음으로, 똑같이 깨닫고 있었다.

Chapter 4. 꿈틀거리는 진실의 힘

GDSA 본사, 기자부서 사무실.

새벽에 마신 커피 냄새와 수십 대의 모니터가 내뿜는 푸른 불빛이 뒤섞여 있다.

그 속에서 주찬성은 홀로 자리에서 몸을 뒤로 젖혔다. 의자는 삐걱 소리를 냈고, 그는 두 발을 책상 위에 올린 채, 두 손을 머리 뒤로 깍지 낀 채 천장을 바라봤다. 답답한 숨이 가슴에 고였다. 자신이 뭘 하고 있는 건지, 요즘은 정말 모르겠다고 생각했다.

그의 머리카락은 짙은 흑갈색으로, 햇빛을 받으면 붉게 비쳤다. 단정하게 매만진 셔츠는 하루 종일 구겨져 있었고, 늘 걸치고 다니는 베이지색 트렌치코트는 세월의 흔적이 묻어 있었다. 눈매는 날카롭지만 어딘가 지쳐 있었고, 입술은 늘 말하지 못한 무언가를 삼킨 듯 굳게 다물려 있었다.

찬성의 컴퓨터 모니터에는 수정되기 전의 기사들이 가득했다.

재벌들의 탈세 의혹, 정치인들이 자신들에게 유리하게 법안을 짜 맞추는 장면들, 그리고 언론이 그 뒤를 가려주는 과정까지.

그는 그걸 매번 보고 있었다. 그리고 그때마다 온몸에 피가 거꾸로 솟는 기분이었다.

"기자는 진실을 써야 하는 거 아닌가."

혼잣말이 새어 나왔다.

하지만 그런 소리는 이 부서에선 금기였다.

그 순간, 뒤쪽 회의 테이블 근처에서 낮은 웃음소리가 들렸다.

"야, 또라이 아직도 안 그만뒀냐?"

"그러게. 요즘은 기사 쓰는 것도 의미 없는데, 혼자 정의로운 척하느라 바쁘대."

"정의감이 밥 먹여주냐? 차라리 그 시간에 인공지능이 써준 기사나 손질하지."

"그니까. 진짜… 아직도 세상이 바뀔 수 있다고 믿는 건가?"

헛웃음과 비아냥이 섞인 목소리들이 오갔다.

찬성은 그 말이 자신을 향한 것임을 알고 있었다. 귀에 꽂은 이어폰 속엔 음악이 흐르고 있었지만, 그런 말들은 이상하게도 또렷하게 들려왔다.

그는 아무 말도 하지 않았다. 그저 조용히 눈을 감았다.

GDSA의 기자들은 이미 오래전에 '진실'을 팔아넘긴 사람들이었다. 정치인과 재벌의 회식자리에 불려 다니며 건배사를 외치고, '알아서 수정된 기사'를 내보내는 게 그들의 일상이었다. 정의는 기사 초안 단계에서 삭제되고, 진실은 편집과정에서 묻혔다.

찬성은 그것을 누구보다 잘 알고 있었다. 그는 직접 봤다. 어젯밤 한 재벌 2세의 폭행 사건 기사 초안을 시스템이 자동 수정하는 장면을.

'AI 검열 시스템'은 기사 제목을 순식간에 바꿔치기했다.

'재벌 2세 폭행 혐의 → 유명 기업인, 오해 해명 중.'

진실이 알고리즘에 의해 왜곡되는 것을 보는 건 지옥이었다.

'그래, 다들 그렇게 생각하지. 이미 세상은 돌아갈 수 없다고.'

그는 속으로 중얼거리며 한숨을 내쉬었다. 그래도 자신이 그만둘 생각은 없었다. 오히려 이런 현실이 그를 더 자극했다.

그는 몸을 일으켜 모니터를 다시 켰다. 손끝이 키보드를 두드리며 새로운 기사의 첫 문장을 입력했다.

"진실은, 시스템이 삭제하기 전에 기록되어야 한다."

단 한 줄.

그 문장은 그의 신념이자, 아직 꺼지지 않은 불씨였다.

그 불씨가 세상을 바꿀 수 있을지, 아니면 자신을 태워버릴지-.

그러나 찬성은 알지 못했다. 이날 밤, 그의 기사가 시스템에 의해 완전히 삭제되면서 - 그의 이름은 '언론인 블랙리스트'에 오르게 될 것이란 걸.

.

.

.

다음 날 아침, 주찬성은 늘 하던 대로 출근길에 올랐다. 하늘은 유리조각처럼 투명했고, 공기는 이상하리만큼 차가웠다. 그는 커피를 한 손에 들고 GDSA 본사 정문을 향해 천천히 걸었다.

출입증을 찍는 순간-

"삐삐삐삐!"

경보음이 요란하게 울렸다.

그는 당황해 웃으며 다시 카드를 찍었다. 하지만 더 요란하게, 더 날카롭게 기계음이 퍼졌다. 건물 안의 몇몇 직원들이 그 소리에 고개를 돌렸고, 찬성은 얼굴이 화끈해졌다.

잠시 후, 경비원이 황급히 뛰어왔다.

"죄송하지만… 출입증 다시 한번 보여주시겠어요?"

찬성이 카드를 내밀자, 경비원의 얼굴이 굳었다. 그는 단말기를 몇 번 두드리더니, 어딘가 이상한 듯 찡그렸다.

"이상하네요. 시스템상으로는… GDSA에 주찬성 씨라는 분이 등록되어 있지 않습니다."

"네?"

찬성이 눈썹을 찌푸렸다.

"무슨 소리예요. 어제도 밤늦게까지 야근했는데요. 제 자리도 그대로 있고 ─."

"정말 죄송합니다만, 명단에서 삭제되어 있습니다."

경비원은 땀을 흘리며 쩔쩔맸다.

그때, 로비 저편에서 구두 소리가 규칙적으로 울렸다. 기자부 차장이었다. 깔끔한 정장에 완벽히 다듬어진 머리, 손에는 고가의 전자담배가 들려 있었다.

그는 멀리서부터 웃으며 걸어왔다.

"아, 주 기자. 연락 못 받았어요?"

"뭘요?"

"해고됐잖아요. 오늘부터 출입 금지예요."

그의 말투는 마치 오랜 친구에게 농담이라도 던지는 듯 부드러웠다. 그러나 그 웃음은 얄밉게 차가웠다.

찬성은 황급히 휴대폰을 꺼내 메일함을 열었다. 그곳엔 밤 11시 47분에 온 한 통의 짧은 메일이 있었다.

'계약 해지 안내. 내부 결정에 따라 즉시 효력 발생.'

단 한 줄이었다. 사유도 없었다. 예고도 없었다.

찬성의 얼굴이 굳었다.

"해고 한 달 전에 고지해야 하는 건 기본적인 상식 아닙니까?"

그의 목소리가 로비를 울렸다.

"이건 명백한 노동법 위반이에요! 이거… 고소하겠습니다!"

그때 차장이 피식 웃었다.

"그게 됐으면, 네가 해고됐겠니?"

말 한마디 던지고는 등을 돌렸다.

찬성은 이를 악물었다. 분노가 끓어올랐지만, 지금은 감정으로 부딪칠 때가 아니었다. 그는 짐이라도 챙기게 해달라고 요청했다.

"딱 10분만 주시죠."

그의 목소리엔 씁쓸한 단념이 섞여 있었다.

엘리베이터 안은 냉랭했다.

차장은 시선을 휴대폰에 고정한 채, 아무렇지 않게 말을 꺼냈다.

"자네가 한 건 정의구현이 아니야. 그냥 객기지."

"……."

찬성은 아무 대꾸도 하지 않았다. 그저 속으로 중얼거렸다.

'개소리도 가지가지 하네.'

엘리베이터 문이 열렸다. 기자부 사무실의 공기가 그를 맞았다. 그의 자리는 여전히 그대로였다. 그러나 사람들의 시선이 달랐다. 누군가는 안도했고, 누군가는 비웃었다.

"저 꼴 보기 싫었는데, 이제야 속 시원하다."

"맨날 정의타령이나 하고… 자기가 기자야 판사야?"

"혼자 영웅놀이하더니 결국 짤렸네."

"진작에 꺼졌어야 했어."

찬성은 손을 멈췄다. 천천히 고개를 들어 그들을 바라봤다. 그리고 씩 웃었다.

찬성은 천천히 고개를 들었다. 그의 눈빛이 번쩍였다.

"그래. 나 또라이 맞아. 근데 적어도, 너희처럼 썩진 않았어."

그 말이 끝나자 사무실이 조용해졌다.

차장이 비웃음을 흘리며 손목시계를 힐끗 봤다.

"정리 다 했으면 나가."

찬성은 상자를 들었다.

한 발, 두 발 – 문 쪽으로 걸음을 옮겼다. 그의 얼굴엔 분노와 허탈함이 동시에 비쳤다.

그러나 문이 닫히는 순간, 그의 다리가 약간 흔들렸다.

엘리베이터 안.

그는 상자를 바닥에 내려놓고 벽에 기대섰다. 그제야 손이 떨리기 시작했다. 심장이 미친 듯이 뛰었다.

"하… 젠장…."

그는 작게 중얼거렸다. 방금 전까지는 악을 쓰며 버텼지만, 이제는 그 모든 긴장이 한꺼번에 풀려버린 듯했다. 손끝이 차갑게 식어갔고, 입안이 말랐다. 그는 손으로 가슴을 눌렀다.

"이게 뭐라고 이렇게 떨려…."

숨이 가빠졌다. 마치 누군가가 가슴을 꽉 움켜쥔 듯한 느낌이었다.

하지만 이건 누구에게도 보여줄 수 없는 모습이었다.

엘리베이터 문이 다시 열리자, 그는 아무 일 없다는 듯 허리를 곧게 폈다. 눈 밑의 떨림을 감추며 건물 밖으로 걸어나갔다. 로비를 지나, 회전문을 통과해 바깥 공기 속으로.

바람이 세게 불었다.

그때였다. 건물 앞 인도, 어딘가 기묘한 공기를 가진 한 여자가 서 있었다.

긴 검은 웨이브 머리가 바람에 흩날렸고, 검은 선글라스 뒤로 묘한 기운이 느껴졌다. 옅은 미소, 그리고 손에 들린 커피.

그녀의 옷차림은 언뜻 보기에도 대수롭지 않았다. 회색 통바지, 검은 후드티. 하지만 이상하게 눈을 뗄 수 없었다. 그녀는 찬성이 나오는 걸 기다리고 있었던 듯, 조용히 다가왔다.

"주찬성 씨죠?" 그녀의 목소리는 낮고 단단했다.

찬성은 당황했다.

"누구세요?"

그녀는 선글라스를 천천히 벗었다. 빛에 반사된 눈동자는 차갑게 빛났다.

"류한결입니다."

그녀가 말했다.

"당신이 진짜 기자인지, 한번 확인해 보러 왔어요."

그 말과 동시에, 바람이 세게 불었다. 종이컵 속 커피가 흩날리고, 찬성의 머리카락이 얼굴을 스쳤다.

그 순간, 그는 본능적으로 알았다. 이 여자는 단순한 누군가가 아니라고. 그리고 자신의 삶이, 지금 막 완전히 다른 길로 접어들었다는 걸.

Chapter 5. 접속 : 주찬성

투룸 아파트의 거실을 거의 독식한 책상 위에는 여섯 대의 모니터가 층층이 배열되어 있었다. 각종 전선과 하드디스크, 낡은 커피잔이 어지럽게 널려 있었지만 류한결에게 그것들은 혼돈이 아니라 삶이었다. 월세 고지서와 통장 잔고가 사라지는 영수증 사이로 비집고 들어와도, 그녀에게는 투자된 시간과 코드, 접속 경로가 훨씬 더 큰 자산이었다.

요즘엔 거의 모든 시간이 GDSA를 해킹하고 분석하는 데 쓰였다. 처음엔 단순한 호기심이었다.

"왜 사람들은 가짜뉴스를 믿는 걸까?"

하지만 그 질문은 어느 순간부터 불편함으로 바뀌었다.

며칠 전, 한결은 우연히 한 교통사고의 원본 기록을 복구했다. 뉴스에는 '불가피한 사고'라고 적혀 있었지만, 원본 영상 속 운전자는 만취 상태였고, 사고 전날 지역 유지와 수차례 통화 기록이 남아 있었다.

사망자는 열두 살 아이였다.

그날 이후, 한결은 더 이상 '재미'로 GDSA를 들여다보지 않았다. 이 시스템은 틀린 것이 아니라, 너무 정확하게 사람을 망가뜨리고 있었다.

밤새 로그를 분석하고, 낮에는 서버 트래픽을 추적했다. 그러던 중, 한 기자의 기사가 눈에 들어왔다. 수정되기 전 원본 파일이었다.

'사라진 증언'
'GDSA 승인 과정의 의혹'
'내부고발자, 사라지다.'

문체는 서툴렀지만 진심이 느껴졌다. 작성자는 '주찬성'.
한결은 그의 다른 기사들을 추적했다. 모두 삭제되거나 왜곡된 것들이었다. 그리고 어젯밤, 그가 내부 시스템의 특정 폴더를 조회하려 시도했다가 차단당한 로그를 발견했다.
"이 사람… 위험하네."
한결은 미소를 지었다. 위험한 이유는 '알고 있다'는 점이고, 가치 있는 이유는 '쉽게 포기하지 않을' 것이라는 점이었다.

조금 더 파고들자, 오늘 오전 그의 출입 권한이 삭제될 예정이라는 정보가 떴다.

"완벽한 타이밍이네."

한결은 팀을 꾸릴 생각이었다. 혼자서도 거의 많은 걸 해낼 수 있었지만, GDSA의 중심부를 흔들려면 내부자의 신뢰와 기자들의 목소리가 필요했다. 주찬성은 곧 회사에서 도태될 것이고, 그 순간 폭발적인 동력이 되어 줄 것이 분명했다.

이른 아침, 한결은 안 하던 외출 준비를 했다. 돈도 없었기에 만원 버스를 타고 GDSA 본사로 향했다.

9시 34분.

정문에서 찬성이 걸어나오고 있었다. 허리를 꼿꼿이 편 채, 양손 가득 짐을 들고 있었다. 자세는 모델처럼 단정했지만 표정은 어딘지 모르게 암울했다.

한결은 다가갔다.

"주찬성 씨죠?"

찬성이 고개를 돌렸다. 경계하는 눈빛.

"누구시죠?"

"류한결입니다."

그녀는 선글라스를 벗었다.

"당신이 진짜 기자인지, 한번 확인해 보러 왔어요."

바람이 세게 불었다. 찬성의 머리카락이 얼굴을 스쳤다.

"…무슨 소리입니까?"

"여기선 곤란하니까, 자리 옮기죠. 커피 한잔 사드릴게요."

한결의 말투는 가벼웠지만, 눈빛은 진지했다.

…

한적한 카페. 확 트인 창문으로 은은한 햇빛이 들어왔다.

찬성은 커피를 한 모금 마신 뒤 물었다.

"어떻게 저를 압니까?"

"당신 기사 봤어요."

한결이 가방에서 낡은 태블릿을 꺼냈다.

화면에는 오래된 기사 제목들이 떠 있었다.

"이거, 당신이 쓴 거죠? 삭제되기 전 원본들."

찬성의 표정이 굳었다.

"… 그걸 어떻게."

"제 일이 그런 거거든요. GDSA 시스템 안에서 당신만 유독 튀더라고요. 기사는 맨날 삭제당하고, 접근 권한은 차단당하고. 그래도 계속 쓰는 사람."

찬성은 아무 말도 하지 못했다.

"밤을 새워서 당신 기사 다 읽었어요."

한결이 말을 이었다.

"문체는 좀 서툰데, 진심이 느껴지더라고요. 하하, 내가 감정선에 약한가 봐요. 이런 거 보면 괜히 흥분돼서."

그 웃음 속에 광기와 호기심이 섞여 있었다.

"그래서… 뭘 원하는 겁니까?"

찬성이 조심스럽게 물었다.

한결의 표정이 진지해졌다.

"나는 GDSA가 없는 세상을 만들 겁니다."

그 말은 조용했지만, 그 안에는 확신이 담겨 있었다.

찬성은 피식 웃었다. 어이없다는 듯.

"그런 말, 아무나 하는 거 아닙니다."

"아무나 하진 않죠."

한결이 짧게 웃었다.

"하지만 난 그걸 할 거예요. 이미 많이 알고 있거든요. 리얼라인이라는 이름 들어봤어요?"

찬성의 몸이 미세하게 굳었다.

"… 들어봤습니다."

"그럼 빠르네요."

한결이 몸을 앞으로 기울였다.

"GDSA는 곧 한계에 다다를 거예요. 내부에서 이미 썩고 있어요. 그걸 무너뜨리려면 내부 정보가 필요해요. 당신 같은 사람이."

찬성은 창밖을 봤다. 거리를 스치는 사람들 중 누군가가 자신을 쳐다보는 것만 같았다.

"… 왜 접니까? 저는 이미 짤렸고, 아무 힘도 없습니다."

"힘이 없는 게 아니라, 이제 잃을 게 없는 거죠."

한결의 말이 정확히 꽂혔다.

찬성은 잠시 침묵했다. 그때, 기억이 밀려왔다.

…

처음엔 경찰서였다. 기름 냄새가 섞인 복도, 푸른 조명 아래 서류를 넘기던 형사들의 무심한 표정.

'피해자는 사망했습니다.'

그 문장을 들었을 때, 머릿속이 하얘졌다.

찬성의 여동생은 남편에게 매일 맞았다. 이혼 후 위자료도 받고 본가에서 상처를 회복해가고 있었다. 오히려 걱정하는 가족들을 위로하듯 '괜찮다.'를 입에 달고 살았다.

하지만 그날, 그녀는 괜찮지 않았다. 전남편이 찾아왔고, 거실에 피가 번졌다.

그는 자수를 했고, 언론은 '우울증에 시달리던 전남편의 불행한 범행'이라 썼다. 찬성은 손으로 신문을 구겨버렸다.

재판이 열렸다. 가해자는 법조계 지인 덕분에 감형을 받았다.

'정신질환을 이유로 치료 감호소에서 복역.'

그 문장이 법정에 울려 퍼질 때, 찬성은 자리에서 일어나 소리쳤다.

"그게 인간입니까?"

하지만 아무도 대답하지 않았다.

그 뒤로 1인 시위, 제보, 전단지, 언론 요청. 그는 할 수 있는 모든 걸 했다. 그런데 기사는 삭제되었고, 뉴스는 순화된 문장으로만 사건을 다뤘다. GDSA 승인이라는 표식이 기사 하단에 찍혀 있었다.

그때 처음으로, 그는 진짜 세상의 구조를 알게 됐다. 그리고 그걸 부숴야 한다는 생각이 들었다.

…

"찬성 씨."

한결의 목소리가 그를 현재로 끌어냈다.

찬성은 천천히 고개를 들었다. 그의 눈빛이 달라져 있었다.

"… 같이 합시다."

그 짧은 말이, 이상하게도 해방처럼 느껴졌다. 손끝이 떨렸지만, 마음은 단단했다.

한결이 빙그레 웃었다.

"좋아요. 이제 시작이네요."

카페를 나서는 두 사람의 뒷모습 위로, 거리의 대형 스크린이 뉴스를 내보내고 있었다.

[오늘도 평화로운 대한민국. 국민 행복지수 역대 최고치 경신]

앵커는 환하게 웃고 있었다.

그러나 두 사람은 그 스크린을 등지고, 반대 방향으로 걸어갔다.

이제, 돌아갈 곳이 없었다.

그리고 그게 오히려 자유였다.

.

.

.

Chapter 6. 어둠 속 만남

카페를 뒤로하고 찬성과 한결은 말없이 걸었다. 도시의 활기찬 불빛과 인파 속에서, 두 사람의 발걸음은 묘하게도 동떨어져 있었다. 찬성은 방금 해고된 사람치고는 덤덤한 표정이었지만, 내면에서는 거대한 폭풍이 몰아치고 있었다. 그는 한결이라는 미지의 인물과 방금 시작된 '새로운 길'이라는 미지의 미래 앞에서 불안과 기대 사이를 오갔다.

"어디로 가는 거죠?"
찬성이 침묵을 깼다.
"일단 우리 아파트로요. 거기에 제가 필요한 모든 게 다 있거든요."
한결이 시선을 앞쪽에 둔 채 대답했다. 그녀의 목소리에는 어떤 흔들림도 없었다.
찬성은 고개를 끄덕였다. 그녀의 대답이 오히려 더 안심이 되는 건 왜일까. 잃을 것 없는 이 상황에서, 알 수 없는 그녀의 자신감에 기댈 수밖에 없었다.

얼마 후, 두 사람은 낡은 상가 건물의 비좁은 엘리베이터에 몸을 실었다. 엘리베이터 문이 열리자마자 퀴퀴한 곰팡이 냄새가 코를 찔렀다. 한결은 아무렇지 않은 듯 앞장섰고, 찬성은 자신도 모르게 인상을 찌푸렸다. 그녀의 '아파트'는 일반적인 아파트와는 거리가 멀었다.

한결의 아파트 문이 열리자 찬성은 입을 다물지 못했다. 거실의 절반 이상을 거대한 컴퓨터 시스템이 점령하고 있었다. 여섯 대의 모니터가 마치 성벽처럼 쌓여 있었고, 알 수 없는 케이블들이 거미줄처럼 얽혀 있었다. 각종 전선, 하드디스크, 그리고 낡은 커피잔과 즉석식품 용기들이 그들만의 질서로 공간을 채우고 있었다. 쾌적함과는 거리가 멀었지만, 그 속에서 묘한 활력이 느껴졌다. 이곳이 바로 세상을 뒤흔들 진실의 최전선이라는 직감이 들었다.

"편한 데 앉으세요."
한결이 방 한구석에 쌓인 책과 하드디스크를 발로 밀어내며 의자를 가리켰다.

'편한 곳이고 자시고 그냥 더럽잖아…'

찬성은 조심스럽게 의자에 앉았다. 그의 시선은 자연스럽게 한결의 시스템으로 향했다. 모니터마다 수십 개의 창이 떠 있었고, 코드들이 빗방울처럼 쏟아져 내렸다.

"이게… 다 뭡니까?"

"GDSA의 흔적들."

한결이 냉장고에서 에너지 드링크 캔을 꺼내며 말했다.

"그리고 그걸 추적하는 과정."

그녀는 찬성에게도 캔 하나를 던져주었다. 찬성은 무심코 캔을 받아 들었다. 시원한 금속의 감촉이 손에 와닿았다.

한결은 곧장 컴퓨터 앞에 앉았다. 그녀의 손가락이 키보드 위를 춤추듯 움직였다.

"GDSA가 모든 뉴스를 조작하는 방식은 생각보다 단순해요."

그녀의 눈은 모니터를 향했지만, 말은 찬성에게 건네고 있었다.

"정보의 원본을 AI가 수정하고, 그 수정된 버전을 퍼뜨리죠. 원본은 깊은 데이터베이스에 잠들거나 완전히 파괴돼요. 하지만 AI도 완벽하진 않아요. 때로는 흔적을 남기죠."

그녀의 모니터 한 편에 GDSA의 내부 구조도가 번개처럼 그려졌다. 복잡한 네트워크와 수많은 서버들이 눈앞에 펼쳐졌다.

"당신이 GDSA 내에서 기록했던 모든 원본 기사들, 내가 그걸 찾아냈어요. 그리고 GDSA의 조작 시스템이 얼마나 큰 허점을 가지고 있는지 알았죠."

찬성은 놀랐다. 그의 기사들은 모두 삭제되거나 왜곡됐다고 생각했는데, 그녀가 그 원본들을 찾아냈다니.

"당신은 GDSA의 시스템을 직접 만져봤잖아요. 어떤 부분이 가장 허술하다고 생각했어요?" 한결이 처음으로 찬성과 눈을 마주했다. 그 눈빛은 단순한 질문이 아니라, 어떤 시험처럼 느껴졌다.

찬성은 잠시 생각에 잠겼다. GDSA에서 보낸 2년이라는 시간, 시스템의 모든 흐름을 파악하려 노력했던 기억들이 파노라마처럼 스쳐 지나갔다.

"아마 AI 검열 시스템이 가장 취약점 일겁니다."

찬성이 침착하게 대답했다.

"GDSA의 AI는 너무 완벽하게 '평화로운 뉴스'를 만드는 데 집중했습니다. 그래서 때때로 '감정적이고 날것의 진실'을 처리하는 데 오류를 일으킵니다. 일종의 논리적 맹점이 생기는 거죠."

한결의 입꼬리가 살짝 올라갔다.

"정확해요." 그녀의 손이 다시 키보드로 향했다.

"우리는 그 맹점을 파고들 거예요. 그리고 GDSA가 숨기고 있는 모든 진실을 끄집어낼 겁니다. 리얼라인과 함께."

그녀가 키보드를 두드리자, 모니터 한편에 리얼라인 게시판이 다시 떠올랐다. 2만 명이 넘는 가입자들. 그들의 절규와 분노가 시각화되어 화면에 펼쳐졌다.

"리얼라인은 우리에게 목소리를 빌려줄 겁니다. 당신의 진실과 나의 기술이 합쳐진다면…." 한결이 찬성을 돌아보며 미소 지었다. "세상이 다시 혼란스러워질 거예요. GDSA가 가장 두려워하는 혼란을 우리가 만들어줄 거죠."

찬성의 가슴이 다시 뛰기 시작했다. 두려움이 아니었다. 끓어오르는 열기였다. 여동생을 잃고 난 후, 오랫동안 잊고 지냈던 '기자'로서의 심장이 다시 박동하는 듯했다.

"나는 무슨 일을 하면 됩니까?"

그의 눈빛에는 망설임이 사라지고, 단단한 결의가 비쳤다

"이제부터 GDSA가 당신을 노릴 거예요. 당신은 더 이상 익명의 기자가 아니라, GDSA가 삭제하려 했던 진실 그 자체니까."

그녀의 말이 끝나기 무섭게, 모니터 한 구석에서 붉은 경고 창이 번쩍였다.

[GDSA 내부 시스템, '주찬성' 관련 모든 데이터 재확인 지시!]

한결과 찬성의 시선이 동시에 경고창으로 향했다. GDSA는 움직이기 시작했다.

...

Chapter 7. 어둠 속 코드

GDSA 본사 지하 서버실.
윤호의 모니터에 한 줄의 메시지가 깜빡였다.

[정윤호 님, GDSA 시스템 ID: YN_JUNG. 당신은 이 시스템이 '완벽하지만 완전하지 않다'는 것을 알고 있죠?]

윤호의 심장이 쿵, 하고 내려앉았다. 손끝이 차갑게 식었다. 자신의 GDSA 시스템 아이디는 물론, 며칠 전 혼잣말처럼 중얼거렸던 말까지 정확히 꿰뚫고 있는 존재. 일반적인 해킹과는 차원이 달랐다. 마치 GDSA 시스템 자체가 그를 들여다보고 있는 것 같아 등골이 서늘해졌다.

[… 누구세요?]

윤호는 떨리는 손으로 조심스럽게 메시지를 보냈다.
이 모든 것이 GDSA 내부의 함정일 수도 있다는 생각에 머리가 복잡해졌다.
답변은 예상보다 빨랐다.

[더 많은 것을 알게 될 거예요. – 류한결과 주찬성]

발신자는 표시되지 않았다. 그러나 그 이름 석 자가 윤호의 머릿속에 강렬하게 각인됐다. '류한결'. 마치 오래전부터 들어왔던 이름처럼 익숙하면서도 낯선 이름. 윤호는 곧바로 류한결이 GDSA의 비인가 접근을 시도했던 그 유령 같은 해커임을 짐작했지만, 주찬성과 연결될 줄은 상상도 못했다.
"젠장…."
윤호는 작게 욕설을 읊조렸다.
GDSA라는 달콤한 안정 속에 묻어두었던, 진실을 향한 갈증이 다시 격렬하게 치밀어 올랐다.

그는 생각에 잠겼다. 안정적인 직장, 높은 연봉, 사회의 선망. GDSA에 들어온 이후 윤호의 삶은 완벽했다. 모두가 GDSA를 통해 얻은 '평화'에 만족했고, 자신은 그 평화를 유지하는 핵심 요원이었다.

하지만 그 평화가 어떤 대가로 얻어졌는지, 그는 누구보다 잘 알고 있었다. 재벌들의 탈세 의혹, 정치인들의 법안 조작, 사회적 약자의 비극. 이 모든 진실은 GDSA의 알고리즘에 의해 끊임없이 왜곡되고 삭제됐다.

윤호는 애써 외면했던 기억들을 떠올렸다. 자신이 직접 서버 로그를 확인하고, AI가 편집하기 전 기사들을 살폈을 때 마주했던 끔찍한 진실들. 그리고 그것들이 '국민의 평온'이라는 미명 아래 포장되어 사라지는 과정을 보며 느꼈던 깊은 회의감. GDSA는 완벽했지만, 그 완벽함은 진실을 짓밟은 토대 위에 세워진 사상누각이었다.

[당신은 뭘 원하는 거죠? 이 메시지⋯ 내부 시스템 기록에는 남지 않습니까?]

윤호는 재차 메시지를 보냈다. 경계심 속에서도 그의 마음 한구석에는 류한결이라는 존재가 가져올 '변화'에 대한 기대

감이 피어나고 있었다.

[기록은 없어질 예정.]
간결한 답장이 돌아왔다.

[GDSA 시스템, '주찬성' 관련 모든 데이터 재확인 지시. 지금 막 시작됐을걸?]

그 말과 동시에, 윤호의 모니터 한편에서 붉은 경고창이 번 쩍였다.
[GDSA 시스템 | '주찬성' 관련 모든 데이터 재확인 지시!]

소름이 돋았다. 류한결이라는 해커는 GDSA의 내부 시스템 을 가지고 놀듯이, 실시간으로 GDSA의 심장을 꿰뚫어 보고 있었다. 이건 단순한 협박이나 농간이 아니었다. 명백한 '제 안'이었다.

주찬성. 몇 번 마주친 적은 있었지만 깊은 대화는 나눠본 적 없는 선배 기자.
항상 낡은 트렌치코트를 입고, 사무실 구석에서 묵묵히 기 사를 쓰던 남자. 그가 GDSA의 '블랙리스트' 1호가 된 상황이

윤호에게는 아이러니하게 다가왔다.

류한결의 메시지, 그리고 주찬성 관련 경고창. 이 모든 것이 마치 톱니바퀴처럼 맞물려 그의 뇌리를 강타했다. 'GDSA는 이제 주찬성을 완전히 지울 것이다. 마치 존재하지 않았던 사람처럼.' 그의 손가락은 주먹을 꽉 쥐었다가 다시 폈다. 선택의 기로에 선 순간, 그의 마음은 요동치기 시작했다.

GDSA의 안정적인 울타리 안에 머물며 진실을 외면할 것인가? 아니면 불확실하지만 진짜인 세상의 편에 서서, 그가 지켜야 했던 진실을 되찾을 것인가? 그의 마음속 깊이 묻어두었던 '선'에 대한 갈망이 터져 나왔다. 더 이상 외면할 수 없었다. 시스템이 완벽할수록, 그 속의 진실은 더욱 깊이 갇힌다는 것을 누구보다 잘 아는 그였다.

윤호는 GDSA가 숨겨둔 진실의 보관함 깊숙이 잠들어 있던, '원본 기사 데이터' 하나를 떠올렸다. AI에 의해 지워졌지만, 그의 손에 의해 암호화되어 임시 백업된 주찬성의 초기 기사 파일이었다. 그것은 주찬성의 '소신'이자 GDSA의 '치부'였다.

윤호는 굳게 닫혔던 내부 메신저 창을 다시 열었다. GDSA의 시스템은 실시간으로 그의 모든 움직임을 감시하고 있었다. 하지만 그는 더 이상 두렵지 않았다. 그는 짧고 단호하게 메시지를 입력했다.

[주찬성의 '아지트'라는 단서를 주셨으니, 제가 드릴 수 있는 정보도 있습니다. GDSA의 환경 모니터링 시스템은 특정 비인가 네트워크에 백업 데이터를 자동 전송하는 숨겨진 경로가 있습니다.]

엔터 키를 누르자, 윤호의 모니터에서 메시지가 사라졌다. 그의 얼굴에 미묘한 미소가 번졌다. GDSA가 움직이기 시작했고, 진실을 좇는 이들도 마침내 움직이기 시작했다. 그리고 그는, 자신의 마음이 시키는 대로, 마침내 그들과 합류하는 길을 선택했다.

...

Chapter 8. 어둠 속 코드, 그리고 망설임

GDSA 본사 지하 서버실. 정윤호는 한결의 메시지를 몇 번이고 다시 읽었다.

그의 손은 키보드 위에서 미세하게 떨렸다. '선'을 추구하는 자신의 본질은 GDSA의 달콤한 유혹을 외면할 수 없었다.

하지만 동시에 '현실주의자'로서의 이성이 차갑게 속삭였다. 'GDSA는 사회 전체를 통제하는 거대한 시스템이다. 감히 너 같은 일개 요원이 상대할 수 있는 존재가 아니다.'

최근 GDSA 시스템을 교란하려다 해고된 주찬성 기자. 그의 '블랙리스트' 등재 소식을 접했을 때, 윤호는 GDSA의 시스템이 완벽을 넘어 잔인하다는 사실을 깨달았다. 시스템은 진실을 짓밟고, 인간을 지웠다.

윤호는 깊은 고민에 잠겼다. 한결이라는 해커의 대담함과 주찬성이라는 기자의 진실에 대한 열정은 그가 GDSA에서 지내며 잃어버렸던 그 무언가를 자극했다. 그는 용기를 내어 한결에게 메시지를 보냈다.

[정보 확인하셨습니까? 직접 만나서 더 구체적인 지원 방안을 논의하고 싶습니다. 주찬성 선배님과 함께 계신 곳의 주소를 알려주십시오. 다만, 모든 것이 추적에 노출될 수 있으니… 철저히 익명으로, 그리고 안전하게.]

메시지를 보내고 나자 그의 심장이 미친 듯이 뛰었다. 한결의 답장이 오는 순간까지, 몇 분이 몇 시간처럼 길게 느껴졌다. GDSA의 모든 모니터링 시스템을 우회하여 비밀리에 접근하고 있었지만, 그는 이미 모든 것을 걸었다는 사실을 알고 있었다. 더 이상 뒤돌아갈 수 없었다.

...

Chapter 9. 세 사람의 아지트

류한결의 아지트. 어지럽게 널린 여섯 대의 모니터는 광활한 데이터의 바다를 휘젓고 있었다. 윤호가 알려준 '숨겨진 경로'는 GDSA 시스템 깊숙이 감춰진, 오래된 백업 서버로 향하는 비밀 통로였다. 한결의 눈빛은 레이저처럼 날카로웠고, 복잡한 코드의 흐름 속에서 GDSA의 다음 계획을 예견하려는 듯 번득였다.

"찾았다."

한결이 나른하게 중얼거렸다. GDSA 내부 시스템 깊숙한 곳에 박혀 있는, 강화도 비무장지대 환경 모니터링 서버의 숨겨진 백업 경로.

"여긴 GDSA의 AI 검열 시스템도 완벽하게는 못 읽는 데이터야. 특정 기간, 특정 키워드에 대해 GDSA가 공식적으로 발표한 자료랑 완전히 상반되는 데이터가 기록되어 있어."

찬성은 모니터 가까이 다가섰다. 그의 얼굴은 상기되어 있었다.

"강화도 비무장지대… 그럼 그게 진짜 오염됐다는 증거입니까?"

그의 목소리가 떨렸다.

"오염 수준이 아니라… 이 데이터를 보면 거의 생지옥 수준인데? GDSA는 이 데이터를 이용해서 '친환경 첨단 산업단지'를 만들었다고 발표했지. 환경부장관 표창까지 받았던데?" 한결은 피식 비웃었다.

"어떻게 이렇게 완벽하게 뒤집어엎을 수가 있지? 재밌네."

한결은 GDSA가 오염 데이터를 완벽히 삭제하기 전에 빼낸 원본 자료들을 찬성의 노트북에 복사했다. 이미지 파일, 영상, 그리고 GDSA가 손보기 전의 날것 그대로의 현장 보고서들. 찬성의 눈은 분노로 이글거렸다. 여동생 사건 때 GDSA가 진실을 왜곡했던 그 뻔뻔함이 또 다시 반복되고 있었다.

그때, 낡은 아파트 문이 조심스럽게 노크되었다. 세 번의 규칙적인 노크. 한결과 찬성은 동시에 고개를 들었다. 문을 열자, 정장 차림의 정윤호가 서 있었다. 날렵하게 정돈된 머리카락과 또렷한 이목구비. 그의 눈빛은 강단 있었지만, 낯선 환경에 긴장한 기색이 역력했다. 그의 손에는 작은 쇼핑백이

들려 있었다.

"들어와요, 정윤호 씨."

한결은 그를 발견하고 살짝 미소 지었다. 예상했지만 막상 마주하니 묘한 동질감을 느꼈다.

윤호는 아파트 안을 훑어봤다. 혼란스럽지만 동시에 거대한 에너지를 뿜어내는 이 공간은 GDSA의 차갑고 정돈된 서버실과는 극명한 대비를 이루었다.

찬성은 윤호를 보고 놀라움을 금치 못했다.

"정윤호…?"

윤호는 고개를 끄덕이며 쇼핑백을 내려놓았다. 그 안에는 음료수와 간편식이 들어 있었다.

"늦어서 죄송합니다. GDSA의 감시망을 뚫고 오느라… 생각보다 복잡했습니다. 저의 존재는 GDSA에게 알려져선 안 됩니다."

그는 자신의 노트북을 켜며 말했다.

"그리고 GDSA의 내부 시스템 상황입니다. 현재 GDSA AI 는 리얼라인의 활동에 대한 비정상적인 트래픽을 감지했습니다. 아마 역추적을 시작했을 겁니다. 아직 누가 배후인지는 특정하지 못하고 있습니다. 다만, 해고된 주찬성 선배님에게 시선이 집중될 가능성이 높습니다."

윤호의 보고에 찬성은 눈을 질끈 감았다.

"이걸 어떻게 세상에 알릴까요? GDSA는 모든 언론사를 통제합니다. 직접 나가서 외쳐도 '정신 이상자의 헛소리'로 치부될 뿐이겠죠."

"그래서 '리얼라인'을 이용해야지."

한결은 이미 다음 단계를 준비하고 있었다. 그녀의 모니터에는 암호화된 익명 커뮤니티인 '리얼라인'의 게시판이 떠 있었다.

"여기에 GDSA의 AI가 건드릴 수 없는 익명의 폭로 채널을 만들 거야. 주찬성 당신은 그걸 이용해서 GDSA가 어떤 진실을 숨겼는지 아주 적나라하게 까발리는 글을 올려. 사람들은 진실에 굶주려 있으니까."

윤호는 한결의 말에 고개를 끄덕였다.

"GDSA AI는 방대한 데이터를 분석하지만, 인간의 예측 불가능한 행동 패턴에는 취약합니다. 특히 '익명 커뮤니티'를 통한 유기적인 정보 확산은 GDSA AI에게 가장 까다로운 문제입니다. 리얼라인이라면 가능성이 있습니다. GDSA는 아직 저희의 연결 고리를 파악하지 못하고 있습니다."

찬성은 심장이 격렬하게 뛰었다. '익명 게시판을 통해 진실을 알린다?' 기자인 그에게는 너무나도 생소한 방식이었지만, 동시에 유일한 희망이기도 했다. 그는 GDSA가 어떤 거짓말로 진실을 덮었는지 가장 잘 알고 있었다. 그리고 이제, 숨겨진 진실을 폭로할 확실한 증거도 손에 넣었다. 세 사람의 지혜가 모여, 마침내 폭로 채널이 구축되었다.

...

Chapter 10. 지붕 아래 세 명의 이방인

주찬성과 류한결이 처음 만난 지 약 한 달. 정윤호가 GDSA의 감시망을 뚫고 아지트에 합류한지도 벌써 2주가 흘렀다. 이 비좁은 투룸 아파트는 어느새 GDSA를 무너뜨릴 비밀 기지가 되어 있었다. 밤낮으로 꺼지지 않는 모니터 불빛 아래, 세 사람은 GDSA를 향한 치열한 싸움을 준비하고 있었다. 윤호는 GDSA의 퇴근 시간이면 곧장 이곳으로 향했고, 그가 가져오는 GDSA 내부의 최신 정보와 시스템 분석은 한결의 해킹 능력을 날카롭게 벼려주었다. 찬성의 예리한 기자 정신은 그 모든 파편 같은 진실들을 하나의 강력한 서사로 엮어냈다.

세 사람은 일에 몰두하기 위해 이 아지트에서 잠을 자고 밥을 먹으며 함께 지냈다. 한결은 작업에 방해된다며 외식을 꺼렸고, 세 사람은 주로 인스턴트 식품이나 윤호가 퇴근길에 사오는 간편식으로 끼니를 때웠다. 잠도 각자 작업 공간 주변에서 담요 한 장 덮고 자는 게 일상이었다.

하지만 극도로 밀폐된 공간에서, 잠시도 떨어지지 않은 채 지내는 일은 쉽지 않았다. 특히 GDSA와의 전쟁이 극심한 스트레스를 안겨주면서, 세 사람의 사소한 성격 차이는 끊임없는 마찰을 빚어냈다.

"윤호 씨, 또 제 모니터 설정 건드렸어요?"

한결이 잠에서 덜 깬 목소리로 짜증을 냈다. 산발적인 웨이브 머리는 이불과 씨름한 흔적을 보여주고 있었다.

"내가 분명 색상값 이대로 두라고 했잖아요! GDSA 야근할 때도 이런 적 없었는데!"

윤호는 한결의 여섯 대 모니터 중 한 대를 유심히 바라보고 있었다. 그의 짙은 흑갈색 머리카락은 언제나 단정하게 정돈되어 있었지만, 눈빛은 밤샘 작업으로 인한 피로에 절어 있었다.

"장시간 작업에 눈의 피로도를 가중시킵니다. 인체공학적으로 최적화된 색상과 명암으로 제어판에서 변경했습니다."

"내 눈은 내가 알아서 한다니까! 내 맘대로도 못 하면 이게 무슨 내 집이야? 으악, 내가 이럴 줄 알았어! 작업 속도가 왜 이래!"

한결은 키보드를 내려치며 버럭 소리를 질렀다. 어지럽게 널린 그녀의 작업 공간은 윤호에게 끊임없는 눈엣가시였다.

"그만들 좀 해요!"

찬성이 깊은 한숨과 함께 중재에 나섰다. 그 역시 며칠 밤 샘 작업으로 잔뜩 지쳐 있었다. 바싹 마른 입술은 터지기 직전이었다.

"서로 이해 좀 합시다, 좀! 여긴 GDSA가 아닙니다, 윤호 씨!"

"물론 GDSA가 아닙니다. 하지만 비효율적인 작업 방식은 GDSA에서든 여기서든 결과를 저해합니다. 그리고 주찬성 선배, 그 쓰레기더미는 또 뭡니까? 자료는 분류하고 스크랩은 따로 해야지, 모든 걸 한 곳에 쌓아두면 중요한 정보도 묻히는 겁니다. GDSA라면 이런 비효율적인 작업 방식은 상상도 못할 겁니다."

윤호는 날카롭게 지적했다. 그의 말투는 시종일관 침착했지만, 뼈아픈 지적에는 칼날 같은 현실주의가 담겨 있었다.

찬성은 분노에 찬 얼굴로 쓰레기 더미를 발로 찼다.

"내가 GDSA에서 나와서 얻은 게 뭡니까? 이제는 여기서까지 효율 타령을 들어야 합니까? 우리가 지금 무슨 GDSA의 프로젝트 매니저입니까? 이 상황에서 우리가 할 수 있는 일은…!"

"GDSA를 파괴하고 나면 어쩌죠?"

윤호가 찬성의 말을 잘랐다. 그의 눈빛은 불안정했다.

"GDSA가 인류의 고질적인 갈등을 억눌러 온 시스템이라는 건 부정할 수 없는 사실입니다. 우리는 그 혼란의 주범으로 지목될 겁니다. 그 다음은요? 우리는 뭘 할 건데요? 그저 정의감을 해소하는 것만으로 만족할 겁니까? 결국 우린 또 다른 GDSA를 만들어낼 뿐일지도 모릅니다. 세상은 생각보다 그렇게 쉽게 바뀌지 않습니다, 주찬성 선배."

윤호의 목소리에는 GDSA 핵심 요원으로서 경험했던 사회의 이면, 그리고 GDSA 없는 세상에 대한 현실적인 두려움과 회의감이 짙게 묻어 있었다. '이대로 괜찮은가?' 그의 뇌리는 GDSA의 안정과, 불안정한 '진실'이 충돌하는 소음으로 가득했다.

"그 다음은 그 다음에 생각하면 되지!"

한결이 기다렸다는 듯 쏘아붙였다.

"지금은 저 짜증나는 GDSA부터 부숴야 속이 시원해! 난 그 재미를 위해 여기에 온 거고!" 그녀는 윤호의 말에 코웃음을 쳤다. 그저 자신의 호기심을 자극하는 게임의 다음 단계에만 관심이 있었다.

"류한결 씨! GDSA를 무너뜨리는 건 단순한 오락이 아닙니다! 이 사회의 근간을 뒤흔드는 일입니다!"

찬성이 격앙된 목소리로 말했다.

"그래서! 부수지 말자는 소리야? 너도 결국엔 GDSA의 시스템이 옳다고 말하고 싶은 거야?" 한결이 쏘아붙였다.

"아니! 그게 아니라… 파괴만이 능사는 아니라는 겁니다! 우리가 어떤 미래를 지향하는지, 비전이 필요하다는 겁니다!" 찬성이 자리에서 벌떡 일어섰다.

윤호는 깊은 한숨을 내쉬었다.

"결국… 제가 GDSA에 돌아가다면, 이 모든 비효율적인 디툼도 없을 겁니다. 애초에 GDSA가 존재하는 이유는…."

그의 목소리가 작아졌다. GDSA가 파괴된 후의 불안정한 미래를 감당할 수 있을지, 현실주의자인 그는 확신이 없었다. 언젠가는 GDSA로 돌아가 아무 일도 없었다는 듯 살아갈 준비를 했던 그의 내면이 다시 요동쳤다.

"야, GDSA가 그렇게 완벽하다며? 걔들이 예측 못 하는 수가 뭔지 알아?"

한결이 자리에서 일어섰다. 그녀의 눈빛이 마치 정윤호의 내면을 꿰뚫어 보는 듯했다.

"목적 없는 혼돈이야. 그리고 너 같은 놈들이 거기에 제일 필요한 거야. GDSA를 박살 내고 그 다음이 진짜 재미있는 게

임의 시작일 텐데, 벌써부터 관둘 거야? 내가 지금까지 봤던 GDSA 내부자 중에 너만큼 쓸모 있는 놈 없었어. 쓸모 없으면 나도 재미 없어."

그녀는 얄미울 정도로 시니컬한 말투로 윤호의 자존심과 흥미를 동시에 긁었다. 그녀는 그의 재능을 인정하면서 동시에 그의 현실적인 두려움을 정면으로 조롱했다.

"정윤호 씨!"
찬성의 목소리는 윤호의 마음속에 파고들었다.

"우리가 GDSA를 무너뜨린 후에 올 혼란을 두려워하는 건… 또 다른 GDSA를 두려워하는 것과 다르지 않습니다! 혼란은 진통입니다. 우리는 그 진통을 감당할 책임이 있습니다. 당신의 양심이 그 증거를 알고 있지 않습니까! 당신이 GDSA에서 처음 회의감을 느꼈던 그때의 진실 말입니다. 우리가 GDSA를 무너뜨리는 건 단순한 파괴가 아닙니다. 멈춰진 시계를 다시 움직이는 겁니다!"

윤호는 눈을 질끈 감았다. GDSA가 제시하는 안정과, 자신이 좇아야 할 진실 사이에서 갈등했다. 그의 눈앞에는 GDSA의 완벽한 논리가 만들어낸 거짓된 평화와, 그가 발견한 추악한 진실들이 번갈아 떠올랐다. 이성적으로는 GDSA에 돌아가는 것이 현명했다. 하지만 찬성과 한결의 눈빛 속에 담긴 믿음, 그리고 진실을 향한 집념은 그를 붙잡았다. 그리고 한결의 말이 맞았다. GDSA는 한 번 찍은 타깃은 절대 안 놓는다. 자신은 이미 그들에게 의심받는 존재가 되었다.

"…알겠습니다."

윤호가 마침내 입을 열었다. 그의 목소리에는 갈등의 흔적이 남아 있었지만, 결심은 단호했다.

"그 다음은… 그때 가서 생각하죠. 지금은 GDSA가 무엇을 숨기고 있는지, 사람들이 알게 해야 합니다. 그리고 GDSA는 이미 저를 주시하고 있을 겁니다. 더 이상 도망치는 건 무의미합니다."

그의 눈빛은 GDSA 핵심 요원 시절의 날카로운 총기로 번뜩였다.

세 명의 눈빛이 교차했다. 한결은 피식 웃었고, 찬성은 고개를 끄덕였다. 위기 속에서, 세 명의 심장은 마침내 완전히 하나로 합쳐졌다.

…

Chapter 11. 첫 번째 균열

한결의 아지트에서 며칠 밤낮으로 작업한 끝에, 찬성은 모든 증거 자료를 취합하고 그의 필생의 역작을 만들어냈다. GDSA의 감시망을 뚫는 암호화된 익명 게시 채널, 그리고 철저히 익명화된 증거 자료. 한결은 마지막 검토를 마쳤다.

"좋아. GDSA AI도 이걸 막으려면 시간이 걸릴 거야. 적어도 30분 정도는 노출될 수 있어. 그 안에 최대한 퍼뜨려야 돼. 윤호 씨, GDSA AI의 초기 대응 매뉴얼 분석은 마쳤습니까?"

윤호는 냉정하게 고개를 끄덕였다.

"GDSA AI는 '가짜뉴스'로 분류된 정보가 일정 규모 이상으로 확산될 경우, 초기에 '사실무근' 프레임을 씌우는 역정보 기사를 자동 생산합니다. 이후 여론 교란을 위한 '봇 계정'을 대거 투입하여 여론을 희석시키는 전술을 사용합니다."

"그럼 우린 그 30분 안에 뭘 할 수 있을까요?"

찬성이 조급하게 물었다.

"리얼라인 회원들에게 자료를 보내는 동시에, GDSA가 가장 취약한 시간에 맞춰 웹서버에 과부하를 일으키는 공격을 할 거야."

한결의 눈빛이 번뜩였다.

"짧지만 최대한의 혼란을 만들어서 정보를 퍼뜨려야지."

찬성은 윤호를, 그리고 한결을 바라봤다. 망설임 없이 '게시' 버튼을 눌렀다. 그의 손가락 끝에서, GDSA가 숨기려 했던 진실의 불씨가 마침내 세상 밖으로 터져 나왔다.

GDSA의 AI는 정확히 23분 17초 만에 찬성의 폭로를 감지했다. GDSA 본사, 지하 서버실은 비상 상황으로 불이 번쩍였다.

"정부 비상 채널 가동! 즉시 해당 게시물 '가짜뉴스' 판정하고 확산 경로 파악!"

GDSA의 관제실에 상주하던 수십 명의 AI 감독관과 요원들이 일제히 움직였다. GDSA AI는 마치 살아 있는 유기체처럼 인터넷을 장악하며 찬성의 폭로를 덮어버리기 시작했다.

세 사람은 모니터 앞에서 숨죽이고 지켜봤다. 그들의 폭로는 단 몇 분 만에 수천, 수만 건의 조회수를 기록하며 빠르게 퍼져나가고 있었다. 리얼라인의 가입자들이 움직이기 시작했고, GDSA의 검열망을 뚫고 메시지를 전송하는 모습도 포착되었다.

"와, 반응 봐. 역시 사람들은 진실에 목말라 있다니까."

한결의 입에서 감탄사가 터져 나왔다.

하지만 GDSA의 반격은 상상 이상이었다. 채 10분이 지나기도 전에, 인터넷 곳곳에서 찬성의 글을 비난하는 댓글과 유사 기사들이 봇물 터지듯 쏟아지기 시작했다. 윤호가 분석한 GDSA AI의 대응 매뉴얼이 정확하게 작동하고 있었다.

[속보] "강화도 환경 오염" 주장… 악의적인 '허위 정보'로 밝혀져. GDSA '사실 무근' 공식 발표!

[특종] GDSA 시스템 교란 시도… 특정 세력 개입 정황 포착!

[논평] 무분별한 가짜뉴스, 사회 혼란 야기! 강력한 처벌 필요!

GDSA의 AI는 자체적으로 폭로의 내용 자체를 반박하는 기사들을 생산하고, 관련 키워드를 '불온', '허위', '가짜뉴스'로 덧씌웠다. 심지어 리얼라인 회원들 중 일부는 '나도 속을 뻔했다.'며 찬성의 폭로가 조작되었다고 주장하기 시작했다. GDSA AI가 가짜 리얼라인 계정을 생성하여 여론을 교란하고 있었다. 찬성의 노트북 모니터는 분노와 조롱, 경멸이 뒤섞인 비난으로 뒤덮였다.

"이런… 말도 안 돼."

찬성의 얼굴에서 핏기가 가셨다.

"GDSA가 이런 식으로 나올 줄은…."

"젠장, 예상보다 빨라."

한결의 얼굴에서도 비웃음이 사라졌다. GDSA AI는 단순한 검열을 넘어, 여론 자체를 조작하는 수준에 도달해 있었다. 그들이 만들어낸 익명 채널은 빠르게 차단되고, 정보 확산은 막혔다.

바로 그때, 정윤호가 구축한 보안 시스템에서 경고음이 터져 나왔다.

[비인가 접근 경로 역추적 중!]

윤호의 얼굴에서 핏기가 가셨다. GDSA AI가 자신들이 개설한 비인가 채널을 역추적하기 시작한 것이었다. 이 아지트까지 얼마나 시간이 남은 것일까?

…

Chapter 12. 드러나는 그림자

정윤호가 팀에 합류하자, GDSA를 향한 세 사람의 시선은 더욱 날카로워졌다. 윤호는 GDSA 내부의 구조와 AI의 작동 원리에 대한 핵심적인 정보들을 쏟아냈고, 한결은 그 정보를 바탕으로 GDSA 시스템의 새로운 약점들을 찾아냈다. 찬성은 그 정보들을 대중이 이해할 수 있는 언어로 가공하는 작업에 몰두했다.

GDSA 본사, 최상층 오피스. 깔끔하게 정돈된 회의실의 대형 스크린에는 '최근 시스템 교란 주체 분석'이라는 보고서가 떠 있었다. 회의실에는 GDSA를 운영하는 실세들, 즉 거대한 기업의 CEO와 정부 고위 관계자, 그리고 GDSA 보안 책임자가 차갑게 마주 앉아 있었다.

"분명한 것은, 최근 GDSA를 공격하고 허위 정보를 유포한 주체는 외부의 해커와 내부자의 정보가 결합된 형태입니다. 특정 해커가 GDSA AI가 보관하던 강화도 관련 미공개 데이터를 유출했고, 그 데이터를 해고된 기자 주찬성이라는 인물이 리얼라인에 익명으로 폭로했습니다. 아직 이들이 조직적으로 연결되어 있는지, 또 다른 배후가 있는지는 파악되지 않았습니다. 다만, 해고된 주찬성 기자와 연결될 만한 인물들의 과거 기록을 재검토하고 있습니다."

GDSA 보안 책임자가 보고했다. 그는 특정 해커가 누구인지 알아내지 못해 불안감을 드러냈다.

"해고된 기자 하나가 벌인 일이라고 보기엔 너무 조직적이고, 시스템 교란이 전문적입니다. 단순히 개인의 불만이라기보다는… 어떤 '세력'이 개입하고 있다고 봐야 할 것입니다."

한 고위 관계자가 말했다. 그의 얼굴에는 불안과 함께 GDSA의 절대적 통제에 도전받았다는 분노가 가득했다.

"이들이 '리얼라인'이라는 익명 커뮤니티를 주요 유포 통로로 삼고 있습니다. 이 커뮤니티는 분열을 조장하고 GDSA가 만들어낸 평화를 저해합니다. 이 근본 없는 세력들이야말로 우리 사회의 통합을 저해하고 있습니다."

GDSA의 CEO는 잠시 눈을 감았다 떴다.

"그렇다면, 이 '리얼라인'의 본거지를 찾아 뿌리째 뽑아야 합니다. 누가 배후에 있든, GDSA의 안정에 위협이 되는 존재는 용납할 수 없습니다."

GDSA는 즉시 최고 등급의 비상 작전을 개시했다. 모든 자원을 동원하여 '리얼라인'의 정체를 파악하고, 그들의 물리적인 기반을 파괴할 계획을 세웠다. GDSA의 AI는 리얼라인 내부의 비정상적인 트래픽과 활동을 분석하기 시작했다. AI가 지목한 곳은 인터넷 깊은 곳에 숨겨진, 복잡한 암호화 네트워크로 연결된 몇몇 특정 서버들이었다.

이들의 은밀한 회의 내용은 정윤호가 구축한 비공개 감청 시스템을 통해 아지트로 실시간으로 중계되고 있었다. GDSA의 주요 관계자들이 리얼라인의 본거지를 지목하고, 파괴할 계획을 논의하는 동안, 세 사람의 심장은 미친 듯이 뛰었다.

"이 자식들, 리얼라인을 잡아서 본보기로 삼으려고 해."

윤호가 숨을 헐떡이며 말했다.

"GDSA가 리얼라인의 서버로 지목한 곳… 그곳엔 진짜 리얼라인의 운영자도 있지만, GDSA에 반대하는 수많은 사람들이 익명으로 정보를 교환하는 수천 개의 미러 서버들도 포함되어 있어. GDSA는 그걸 싸그리 날려버릴 생각이야."

GDSA는 '리얼라인 본거지'라는 가상의 목표를 세우고, 그들이 생각하는 '거점'들을 파괴하려고 했지만, 리얼라인은 이미 단순히 하나의 '본거지'를 가진 단일 조직이 아니었다.

"GDSA가 지목한 서버 중에… 2059년 멸망한 '월드 데이터 아카이브' 서버가 포함되어 있어. GDSA 시스템의 AI 초기 데이터 학습에 사용되었던 구식 서버들이지."

윤호의 손가락이 키보드를 두드렸다.

"그곳에 리얼라인의 핵심 데이터, 그리고 GDSA가 숨기고 있는 가장 은밀한 정보가 저장되어 있을 가능성이 높습니다. GDSA는 그걸 제거하려고 합니다."

이 소식을 들은 한결의 눈은 더욱 광기 어린 빛으로 번뜩였다. 그녀는 GDSA AI의 초기 데이터를 학습시킨 서버라면, GDSA AI의 맹점을 더 정확하게 파고들 수 있는 '키'가 숨겨져 있을 것이라고 직감했다. 게다가 그 서버에 GDSA에 대한 가장 은밀한 정보가 보관되어 있을지도 모른다고 생각했다.

한결의 아지트. 모니터에 GDSA AI가 지목한 '리얼라인의 본거지'들이 떠올랐다. 그중 하나의 서버에 그녀의 시선이 고정되었다. 구식의, 그러나 매우 중요해 보이는 서버였다. GDSA는 자신들이 만들어낸 그림자를 쫓고 있었지만, 그 그림자 속에는 그들이 미처 예상하지 못한 진실의 불씨가 숨어 있었다. 이제 그들은 단순한 해커가 아니라, GDSA의 본질을 흔들 '진실의 수색대'였다.

"GDSA는 단순히 리얼라인을 지우려는 게 아냐. 이 기회에 자기들 AI의 진짜 '오점'을 영원히 삭제하려는 거야."
한결의 입꼬리가 섬뜩하게 올라갔다.
"좋아, GDSA. 그럼 우리도 게임의 룰을 바꿔줄 때가 된 것 같네."
세 사람의 눈빛이 결의로 빛났다. 이제 그들의 싸움은 단순한 폭로를 넘어, GDSA의 근간을 뒤흔들 진실의 쟁탈전으로 번지고 있었다.

Chapter 13. 파편들의 반란

　류한결의 손가락이 GDSA의 가장 은밀한 데이터 저장소인 '월드 데이터 아카이브' 서버를 해킹하기 시작했다. 윤호가 제공한 정보, 즉 GDSA AI의 초기 학습 데이터와 GDSA 수뇌부의 비공개 회의 내용을 기반으로, 한결은 AI가 완벽하다고 믿었던 방어막의 틈새를 기어코 찾아냈다. 코드들이 번개처럼 모니터 위를 질주했고, GDSA가 봉인했던 진실의 문이 서서히 열리기 시작했다.

　찬성은 입을 다물지 못했다. 모니터에는 GDSA의 모든 조작 데이터의 뿌리가 되는 최초의 설계 문서가 드러났다. '국민 행복지수 조작 방안', '사회 갈등 지수 인위적 감소를 위한 AI 학습 모듈 설계', '대국민 안심 조작 데이터베이스 구축 계획'… 모든 것이 GDSA가 '평화'라는 명분 아래 인류의 의지를 시스템으로 통제하려 했던 증거였다. 가장 충격적인 것은, GDSA가 내세운 '국가 행복지수'와 '사회 갈등 지수 감소'가 그 어떤 객관적인 조사나 통계 없이, 순전히 GDSA AI가 자신들의 시스템을 정당화하기 위해 창조해 낸 허구였다는 사실이었다. 말 그대로, 통계 자체가 거짓말이었다.

　"젠장, 이런 개새끼들!"

찬성의 입에서 거친 욕설이 터져 나왔다. 그동안 자신이 느꼈던 무력감과 절망이 거대한 분노로 폭발했다. 그는 밤샘 작업으로 잔뜩 지쳐 있었다. 윤호 역시 믿을 수 없다는 표정으로 모니터를 응시했다.

"GDSA가 단순히 진실을 감춘 게 아니라, 진실이 존재하지 않는 세상을 만들어낸 거였군요… 완벽한 조작입니다."

한결은 GDSA의 AI가 가장 취약한 순간을 노렸다. 리얼라인의 거점을 파괴하기 위해 GDSA의 AI가 과부하 상태에 빠져 모든 역량을 분산시킨 바로 그때, 한결은 GDSA의 모든 통신망과 GDSA 승인 채널에 진짜 진실이 담긴 파편들을 동시다발적으로 뿌렸다. 짧고 굵은 영상, 단 하나의 이미지, 혹은 한 줄의 암호화된 메시지. 그것들은 마치 조용한 수면에 던져진 돌멩이처럼 잔잔하던 GDSA의 세상에 일렁이는 파문을 일으켰다.

[모두가 행복했던 것이 아니다. 행복은 조작되었다. GDSA 문서 참조.]

[강화도 비무장지대, 환경 오염 진실은 은폐되었다. 사진참조.]

[사법 정의는 침묵했다. GDSA 데이터]

GDSA의 AI는 급히 이 파편들을 '가짜뉴스'로 분류하고 삭제하려 했지만, 한결이 뿌린 파편들은 너무나 많고 너무나 다양했으며, GDSA가 파괴하려 했던 리얼라인의 미러 서버 네트워크를 타고 전 세계로 퍼져나갔다. 이들은 단순한 데이터가 아니었다. GDSA의 감시망 아래에서도 진실을 갈망하며 숨죽여 왔던 사람들의 마음에 심어진 작은 불씨였다.

대혼란이 시작되었다. GDSA의 통제력에 명백한 균열이 생긴 것이다.

GDSA가 '행복하다'고 주입해 왔던 시민들 사이에서는 작은 동요가 시작됐다. 의심의 씨앗이 조용한 세상을 흔들었다. GDSA의 승인 채널에 GDSA를 비판하는 글들이 잠시나마 올라왔다가 삭제되기를 반복했다. GDSA가 파견한 여론 통제 봇들은 쉴 새 없이 "가짜뉴스! 사회 혼란을 조장하지 마십시오!"를 외쳤지만, 이미 터져 나온 진실의 파편은 걷잡을 수 없이 퍼져나갔다.

도시의 대형 스크린에는 '오늘도 평화로운 대한민국'이라는 문구가 흔들리듯 나타났고, 이내 'GDSA 승인: 오류 감지, 시스템 안정화 중'이라는 메시지가 잠시 뜨다가 사라졌다.

GDSA의 모든 시스템은 다운되었다. 진실의 파편이 퍼져나가자 사람들은 GDSA가 얼마나 거짓으로 세상을 꾸몄는지 알게 되었다. 분노한 대중은 거리로 쏟아져 나왔고, GDSA 본사는 폐쇄되었다.

Chapter 14. 끝나지 않는 대가

GDSA 시스템의 완전한 붕괴는 세상을 충격과 혼돈 속으로 몰아넣었다.

그들이 통제했던 '고요'가 사라지자, 인류가 감춰두었던 모든 갈등과 진실이 마치 거대한 쓰나미처럼 밀려들었다.

가짜 행복 뒤에 숨겨졌던 수많은 사회적 부조리들, 억압받았던 목소리들, 억울하게 범죄자로 몰린 자들의 이야기가 터져 나오며 세상은 한순간에 뒤집혔다.

GDSA가 만들어낸 행복 지수조차 거짓임이 드러나자 사람들의 분노는 걷잡을 수 없었다. 광장은 울부짖음과 절규로 가득 찼다.

류한결의 아지트는 더 이상 GDSA의 그림자에서 안전할 수 없었다. 그들이 해킹을 통해 GDSA를 무너뜨린 것은 명백한 '불법 행위'였다.

사법부는 GDSA의 진실 조작에 대한 조사를 착수하는 동시에, GDSA 시스템을 불법적으로 침해한 자들에 대한 추적도 시작했다.

"GDSA를 무너뜨렸으니까, 이젠 세상 사람들이 우리를 영웅이라고 불러줄까?"

폭풍처럼 밀려드는 뉴스 속보와 시위 현장 영상을 바라보며 한결이 나른하게 물었다. 그러나 그녀의 얼굴에는 이전과 같은 재미를 찾았다는 희열보다는, 어딘지 모를 공허함이 스쳐 지나갔다.

"글쎄요. 우리가 한 일은 불법입니다."

윤호는 차분하게, 그러나 씁쓸하게 말했다.

"시스템은 붕괴했지만, 그 시스템을 지키려던 법은 여전히 존재하죠. 그리고 그 법은 GDSA와 무관하게 작동할 겁니다. 악법도 법이니까요."

찬성은 아무 말 없이 창밖을 내다봤다. 거리는 혼란으로 가득했다. GDSA가 숨겼던 모든 진실이 한꺼번에 터져 나오면서, 사회는 일시적으로 방향을 잃은 듯 보였다. 정의를 쫓았지만, 그 정의가 가져온 것은 질서가 아닌 혼돈이었다. 그의 마음속에는 후련함과 함께 깊은 회한이 교차했다.

얼마 후, 아지트의 낡은 문이 거칠게 부서졌다. 무장한 특수팀이 들이닥쳤다.

"류한결, 주찬성, 정윤호. GDSA 시스템 불법 침해 및 사회 혼란 야기 혐의로 긴급 체포한다!"

세 사람은 아무런 저항도 하지 않았다. 오히려 지쳐 보였다. GDSA를 무너뜨리는 데 모든 것을 쏟아부었기에, 이제 그들에게 남은 것은 공허함과 체념뿐이었다. 수갑이 그들의 손목을 감싸는 순간, 윤호는 한결과 찬성을 향해 고개를 끄덕였다. 그들의 눈빛에는 '우리는 우리가 해야 할 일을 했다'는 말 없는 동의가 담겨 있었다.

철창 너머의 세상은 혼돈 속에서 새로운 방향을 찾아 헤매고 있었다. GDSA라는 거대한 벽이 사라지자, 인류는 비로소 자신들의 민낯과 마주하게 된 것이다. 그들이 원했던 진실은 해방되었지만, 그 대가로 찾아온 혼돈은 또 다른 도전을 예고했다. GDSA는 무너졌지만, 그 자리를 채울 새로운 사회적 질서는 아직 존재하지 않았다.

아무도 모르는 감옥 속에서, 세 사람의 여정은 막을 내린 듯 보였다. 하지만 그들이 심어 놓은 진실의 불씨는 결코 꺼지지 않았다. 광야에서 길을 잃은 인류는, 그들이 던져준 진실의 파편을 횃불 삼아 새로운 세상을 향한 길을 찾아 나설

터였다. 혼돈 속에서, 인류는 '가짜뉴스의 낙원'을 지나 '진실의 혼돈' 속으로, 그리고 미지의 미래를 향해 발걸음을 내딛고 있었다.

작가 후기
•••

　이번 소설집 제작 활동은 저에게 글쓰기뿐만 아니라 협업과 책임감의 중요성을 깊이 느끼게 한 경험이었습니다. 우리 동아리는 각자의 단편소설을 하나의 세계관으로 묶는 옴니버스 형식으로 작품집을 구성했는데, 올해의 큰 주제는 '영웅'이었습니다. 다양한 시각에서 영웅을 담아내고 싶다는 목표는 좋았지만, 활동 초반에 주제 설정 과정에서 착오가 있었습니다. 1학기에 각자 단편소설의 주제와 줄거리를 먼저 구상한 뒤 이를 하나로 엮는 방식으로 진행하면서, 세계관의 통일성이 흔들리게 되었고 이후 방향을 다시 잡는 데 많은 시간이 필요했습니다.

　2학기에 지도 선생님이 바뀌면서 문제를 인식하게 되었고, 결국 주제를 다시 설정한 뒤 소설을 처음부터 새로 쓰게 되었습니다. 원래라면 여름방학이나 시험이 없는 시기를 활용해 충분히 준비했어야 했지만, 일정이 꼬이면서 대부분의 집필과 수정이 학기 중에 몰리게 되었습니다. 그 결과 계속해서 원고를 고치고 다듬는 과정을 반복해야 했고, 지도 선생님께서도 연말까지 많은 시간을 할애해 지도해 주셔서 개인적으로 죄송하고 아쉬운 마음도 컸습니다.

제가 집필한 『가짜뉴스 공화국』은 '하얀 거짓말은 때로 사람을 위로하지만, 그 거짓말이 국가라면 어떨까'라는 질문에서 출발했습니다. 가짜뉴스로 국민에게 거짓된 희망을 주는 사회 속에서, 피해자 집단 '리얼라인'이 세 명의 주인공과 함께 가짜뉴스를 생산하는 GDSA에 맞서 진실을 폭로합니다. 하지만 그 선택은 또 다른 사회적 혼란을 낳고, 결국 주인공들은 경찰 조사를 받으며 이야기는 불완전한 결말로 끝납니다. 저는 영웅이 항상 찬란한 결말을 맞이해야 한다는 공식에서 벗어나, 진실이 가진 무게와 그 책임을 함께 보여주고 싶었습니다. 독자 여러분은 이 결말을 어떻게 느꼈는지, 그리고 '영웅'의 모습에 대해 어떤 생각을 하게 되었는지 궁금합니다.

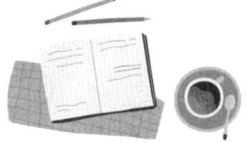

초(秒)의 끝에서

박유나

오늘도 교실의 시계가 똑딱거리고, 나는 10초 뒤의 미래를 보았다.

아무도 모르는 작은 비밀이지만, 그 작은 비밀이 내 하루를 바꾸고 있었다.

그 시작은 아주 사소했다. 첫날엔 단지 분필이 떨어질 것을, 둘째 날엔 열린 창문으로 귀여운 새 한 마리가 들어오는 것을 보았다. 그때까진 그저 단순한 '우연의 반복'이라고만 생각했다. 하지만 우연이 세 번 반복되면, 그것은 더 이상 우연이 아니었다.

처음 그 능력을 인지했을 때, 지호는 그 사실을 스스로에게조차 인정하지 않으려 했다. '미래를 본다'는 말은 너무 거창

했고, 현실감이 없었다. 차라리 감이 좋은 쪽이 낫다고 생각했다. 하지만 문제는, 그 장면들이 언제나 너무 정확하게 맞아떨어졌다는 점이었다.

딩동댕. 수업 시작을 알리는 종이 울렸다. 지호는 졸린 눈을 비비며 책상 서랍을 뒤적거려 교과서를 꺼냈다. 그 순간 지호는 눈앞이 번쩍이며 짝꿍 채은이의 물통이 미끄러져 교실 바닥에 떨어지는 장면을 보았다. 10초 뒤면 온 바닥에 물이 쏟아진다. 지호는 본능적으로 손을 뻗어 물통을 잡았다. 물통을 잡은 뒤 교실은 무슨 일이 있었냐는 듯이 그냥 평소처럼 평화로울 뿐이었다.

"지호야, 혼자 또 뭘 그렇게 생각하고 있어?"

"아, 아무것도 아니야."

'아… 내가 헛것을 봤나…'

하지만 지호의 심장은 이상하게 빠르게 뛰었다. 물통을 잡는 그 순간, 공기마저 멈춘 듯한 정적이 흘렀다. 마치 세상이 그에게만 '일시정지' 버튼을 눌러준 것처럼. 지호는 그 정적이 너무 선명해서 오히려 무서웠다. 소리가 사라져버린 세계에서 오직 자신만이 '다음'을 알고 있다는 사실이.

딩동댕동. 쉬는 시간을 알리는 종이 울렸다. 교실 한구석에서 친구들이 옹기종기 모여서 웃고 있는 모습을 보고 지호도 그곳으로 향했다. 눈에 잘 띄지 않는 구석에서 친구들은 선생님 몰래 핸드폰을 가져와 게임을 하고 있었다. 또 그 순간, 지호는 선생님이 갑자기 나타나 친구들을 혼내는 장면을 보았다. 놀란 지호는 어서 친구들에게 곧 선생님이 온다는 사실을 알리고 핸드폰을 숨겼다. 아이들은 의아해하면서도 지호의 말을 따랐다. 10초 후, 정말 지호의 말대로 선생님은 교실로 들어오셔서 반 전체를 쓱 둘러보고 가셨다.

"와, 박지호 너 어떻게 안 거냐? 너 아니었음 우리 다 반성문 5장씩 쓸 뻔했네."

"그니까. 너 미래 볼 줄 아는 초능력이라도 가진 거 아니야?ㅋㅋㅋ"

지호는 뜨끔했다.

'이번에도 또 미래가 보였어… 이건 우연이 아닌 게 틀림없어.'

그날 이후 지호는 '보기 전'과 '본 후'를 구분하기 시작했다.

미래를 보기 전의 세상은 단순했고, 미래를 본 뒤의 세상은 선택을 요구했다.

그날 이후 지호는 잠을 설쳤다. 밤마다 시계의 째깍째깍 초침 소리가 귀에 들려오고, 눈을 감으면 또 다른 10초가 그의 앞에 펼쳐졌다. 처음엔 그저 장난 같았지만, 점점 무거워졌다.

'만약 내가 이 능력을 이용해 보면 어떨까? 돈을 벌거나, 시험을 미리 본다거나…'

하지만 그런 생각은 곧 죄책감으로 바뀌었다. 미래를 안다는 건, 하지 않을 선택까지 함께 떠안는 일이었다. 알면서도 막지 않으면, 그건 방관일까? 아니면 선택일까?

지호는 자신만의 비밀을 숨겨야 할지, 주변 사람들에게 알려야 할지 며칠을 고민했다. 열일곱의 지호에겐, 혼자서 짊어지기엔 벅찬 비밀이었다. 지호는 자신의 가장 친한 친구인 채은에게 이 비밀을 털어놓기로 한다.

"채은아, 나 요즘 고민이 있어."

"응? 무슨 고민인데?"

"나… 10초 정도 뒤에 일어날 미래를 미리 볼 수 있는 능력을 가진 것 같아."

"뭐?ㅋㅋㅋ 말도 안 되는 소리 하지 마."

"진짜야…."

지호는 그동안 겪었던 기이한 상황을 채은에게 다 설명해 주었다.

"와… 말도 안 돼. 너 그럼 초능력자 아니야?"

"에이, 초능력자는 무슨… 그나저나 나도 뭘 어떻게 해야 할지 모르겠어."

"많이 당황스러웠긴 하겠다. 근데 난 정말 기쁜 일 같은데? 좋은 일에 사용하면 되잖아. 그럼 너도 뿌듯하고, 도움받은 사람도 기분 좋고."

"그치? 좋은 일에만 사용하면 괜찮겠지?"

"그럼! 나쁜 일에 쓰면 절대 안 돼. 그리고 너무 막 사용하지 마. 너도 다칠 수 있으니까."

"당연하지. 음, 채은이 넌 보아하니 10초 뒤에 개똥을 밟을 거야."

"뭐? 야 박지호 너 죽을래?!"

그 둘은 웃었지만, 지호의 속은 복잡했다. 채은이의 말처럼 능력을 선하게 쓴다는 건 쉬운 일이 아니었다. 인간의 마음은 항상 이익과 호기심 사이를 오가니까.

채은이는 지호에게 능력을 막 사용하다간 다칠 수 있다고 경고했다. 그렇게 지호는 친구의 말실수를 막아준다든가, 길에서 튀어나온 아이와 부딪히는 것을 막아준다든지, 좋은 일에 자신의 능력을 사용하며 뿌듯함을 느꼈다.

그러나 지호의 일이 순탄하게만 흘러간 것은 아니었다. 책이 떨어지기 전에 잡고, 친구가 넘어지기 전에 부축해 주는 것. 이런 사소한 일을 반복하며 지호는 이 능력이 생긴 것은 정말 행운이라고 생각했다. 누군가를 다치지 않게 할 수 있단 사실은 지호를 더 특별하게 만들었다.

하지만 시간이 지날수록 '예견된 10초'는 지호를 점점 더 피곤하게 만들었다. 머리가 지끈거리고, 시야가 흔들렸으며, 가끔은 두 개의 미래가 동시에 겹쳐서 보이기도 했다. 하나는 자신이 돕는 미래, 다른 하나는 돕지 않는 미래였다. '둘 다 존재한다면, 진짜 미래는 어느 쪽일까?' 지호는 점점 혼란스러워졌다. 그는 깨달았다. 자신이 보는 것은 확정된 미래가 아니라, 갈림길이라는 것을.

어느 점심시간, 복도 끝에서 담임선생님이 서류 뭉치를 들고 올라오고 있었다. 그 순간 지호의 눈앞이 번쩍이며 10초 후의 장면이 보였다. 선생님이 계단에서 넘어져 구르는 모습. 지호는 반사적으로 뛰어가 선생님을 붙잡았다. 서류는 공중에 흩어져 날렸지만 선생님은 무사했다.

"어머, 고마워 지호야. 아니 어떻게 그렇게 재빨리 봤니?"

지호는 대답 대신 어색하게 웃었다. 하지만 머릿속엔 여전히 아까의 장면이 잔상처럼 남아 있었다. 미래를 본 그 짧은 찰나의 시간 동안 뭔가 더 있었던 것 같았다. 복도를 돌아서자 종이 한 장이 바닥에 떨어져 있었다. 지호가 아까 미처 줍지 못한 서류였다. 바로 그때, 옆 반 친구가 그 위를 밟고 미끄러지며 넘어질 뻔했다. 지호는 또 뛰었다. 손끝으로 그의 팔을 잡았지만, 이번엔 지호가 넘어졌다. 바닥에 넘어진 채 숨을 고르며 생각했다.

'내가 도운 게 맞는 걸까?'

지호는 처음으로 개입의 대가를 몸으로 느꼈다. 누군가를 구하는 순간, 또 다른 누군가는 위험해질 수 있었다. 그날 밤, 지호는 잠에서 깨어나 벽시계를 바라봤다. 초침은 움직이지 않았다. 그런데 세상은 그대로였다.

'10초 뒤가 보이지 않으면, 나는 그냥 평범한 사람일까?'

순간, 창밖에서 번개가 치며 창문에 비친 자신의 얼굴이 낯설게 느껴졌다. 그때부터 지호는 시간이 자신을 시험하고 있다고 믿기 시작했다.

그날 이후에도 그런 일은 반복됐다. 길에서 공이 굴러나오는 걸 보고 아이를 막았더니, 공을 쫓던 개가 차도로 뛰어나왔다. 시험 중에 떨어질 펜을 받아주려다 지호의 답안지가 뒤엎어진 적도 있었다. 지호는 처음엔 우연이라 생각했지만 점점 확신이 들었다.

'내가 개입할수록, 세상이 조금씩 어긋나고 있어.'

그는 이제 '미래를 바꾸는 것'이 아니라, '미래에 개입하는 것'의 무게를 느끼기 시작했다. 그 무게는 마치 보이지 않는 사슬처럼 그의 손목을 조여왔다. 하지만 동시에, 누군가를 구할 수 있다는 가능성은 그를 놓아주지 않았다. 인간의 본능이 희생과 이기심 사이에서 흔들렸다. 지호는 선택 앞에서 점점 늦어졌다. 10초는 여전히 짧았고, 그 짧음은 늘 결단을 요구했다.

지호는 어느새 '예견된 10초'를 자신의 일상처럼 다루고 있었다. 그날도 평범한 오후였다. 하교길에 채은이 앞서 걷고 있었고, 노을이 길 위에 길게 드리워졌다. 지호는 습관처럼 주변을 흘끗 보았다. 그리고 세상이 멈췄다.

공기마저 굳은 듯한 정적 속에서, 그는 10초 후의 장면을 보았다.

'흰색 승용차, 급커브, 채은의 놀란 얼굴, 그리고 붉게 번지는 빛…'

시간이 다시 흐르자, 지호의 심장은 튀어나올 만큼 빠르게 뛰기 시작했다.

"안 돼…!"

그는 외쳤고, 본능적으로 달렸다. 신호등이 바뀌기도 전에 차가 미끄러지듯 다가오고 있었다.

지호는 채은을 세게 밀쳤다. 그녀가 넘어지며 인도 쪽으로 구르자, 차가 그의 눈앞으로 돌진해 왔다.

그리고 또 다른 미래가 보였다. 이번엔 자신이 쓰러져 있는 모습이었다. 머리 옆에서 피가 번지고, 채은이 울며 그를 부르는 장면.

'이건… 내가 바꾸면 안 되는 건가?'

순간, 시간이 찢어질 듯 흔들렸다. 두 개의 미래가 교차하며 서로를 밀어내는 듯했다.

지호는 한 발짝 뒤로 물러섰다. 그 찰나, 세상이 다시 고요해졌다. 모든 게 슬로모션처럼 느려지고, 차의 전조등이 눈을 태웠다.

지호는 숨을 내쉬었다.

그리고, 결정을 내렸다.

"채은아, 미안."

그의 마지막 말은 바람에 섞여 사라졌다.

차가 멈추는 소리와 동시에, 모든 것이 하얗게 번졌다.

채은은 인도 위에 쓰러져 있었고, 지호는 도로 위에 엎드린 채 힘들게 숨을 몰아쉬고 있었다. 피가 손끝을 타고 흘러내렸다. 누군가가 달려오며 지호의 이름을 불렀지만, 그 목소리는 멀게만 들렸다.

희미한 의식 속에서, 지호는 또다시 10초 후의 미래를 보앗다. 이번엔 병실이었다. 하얀 천장, 기계음, 창문 너머의 햇빛. 그리고 누군가의 웃음소리.

그 웃음이 채은의 것임을 깨닫는 순간, 그의 입가에 미소가 번졌다. 그리고 세상은 어둠 속으로 잠겼다. 어둠 속에서도, 지호는 이상하게 평온했다. 처음으로 '보지 않아도 되는 미래'를 받아들였기 때문이다.

며칠 뒤, 지호는 병원에서 눈을 떴다. 온몸이 묵직했지만, 채은이 무사하다는 말을 들은 순간 자신이 한 생명을 구했다는 생각에 모든 통증이 멀어졌다.

창밖에는 포근한 봄비가 내리고 있었다. 그날 이후, 지호에겐 이상한 변화가 찾아왔다. 그의 시야에 더 이상 미래의 잔상이 비치지 않았다. 컵이 떨어지기 직전에도, 누군가의 위험한 발걸음에도, 아무것도 보이지 않았다. 하지만 이상하게도 불안하지 않았다. 오히려 마음이 고요했다.

병원에서 퇴원하던 날, 그는 낡은 신발을 신으며 생각했다.

'미래는 더 이상 보이지 않았지만, 지금 이 순간만큼은 분명히 내 것이야.'

시간이 흐르면서 지호는 주변에서 작은 변화를 보았다. 자신이 도와준 아이는 학교 신문에 봉사활동 수기를 실었다. 넘어질 뻔했던 선생님은 학생 안전교육을 강화했고 매주 아침마다 복도를 직접 돌았다.

지호가 도왔던 사람들의 행동이 또 다른 선한 변화를 만들어내고 있었다.

그는 창문 밖으로 스며드는 햇빛을 바라보며 문득 생각했다.

'10초 앞을 본 건, 내가 아니라 세상이 나에게 보여준 희망이었는지도 몰라.'

그의 입술이 미세하게 떨리며 웃음이 번졌다.

그제야 지호는 깨달았다. 자신이 봤던 미래는 '경고'가 아닌 세상이 아직 변할 수 있다는 증거였다는 것을.

몇 주 뒤, 봄비가 다시 내리던 날이었다. 학교 앞 거리에는 우산을 접은 학생들이 바삐 걸어가고 있었다. 지호는 천천히 발걸음을 옮기다가 비에 젖은 우산 하나가 인도에 떨어져 있는 것을 발견했다. 그는 조용히 그것을 집어 들어 지나가던 사람에게 내밀었다.

"이거, 떨어뜨리셨어요."

상대방이 놀라며 웃었고, 그 미소 속에서 무언가가 스쳐 지나갔다.

그것은 오래된 감각처럼 아주 짧은 '10초 후의 빛'이었다. 하지만 지호는 그것이 진짜든 착각이든 상관없었다. 이제 그는 미래를 '보는 사람'이 아니라, 미래를 '만들어가는 사람'이 되었기 때문이다.

그는 천천히 우산을 쓰고, 비 내리는 거리 속으로 걸어 들어갔다. 그의 발끝마다 고인 물이 잔잔히 흔들렸다. 그 순간, 세상은 다시 한 번 10초 동안 멈춘 듯 고요했다. 그리고 그 고요 속에서 지호는 미소 지었다.

그 미소는 더 이상 선택을 두려워하지 않는 사람의 것이었다.

미래는 여전히 알 수 없었지만, 그는 지금 이 순간만큼은 분명히 알고 있었다.

자신이 어떤 사람이 되고 싶은지를.

　이 글은 10초 뒤의 미래를 볼 수 있는 능력을 얻게 된 평범한 학생 지호의 이야기를 담고 있습니다. 지호는 처음에는 이 능력을 통해 작은 사고도 막고 주변 사람들도 돕지만 시간이 지날수록 미래를 볼 수 있다는 사실이 책임과 부담으로 다가와 점점 혼란을 겪게 됩니다. 미래를 바꿀 수 있다는 가능성은 동시에 또 다른 선택과 결과를 만들어 내고 그 속에서 지호는 무엇이 옳은 결정인지 끊임없이 고민하게 됩니다.

　글을 처음 구상할 때만 해도 흐름도 정리되지 않고 단편적인 생각들만 나열돼서 끝까지 이야기를 완성할 수 있을지 스스로도 확신이 들지 않았지만, 글을 써 내려가며 하나의 이야기로 엮어 나가다 보니 점점 형태를 갖추게 되었습니다. 완성된 글을 다시 읽어 보니 뿌듯함과 함께 부족한 부분들도 많이 보여 아쉬움과 부끄러움도 함께 느껴집니다.

　이 작품을 통해 전하고 싶었던 것은 미래를 미리 아는 것보다 그 미래 앞에서 우리는 과연 어떤 선택을 하느냐였습니다.

우리는 모두 앞날을 알 수 없기에 불안해하고 그 불안 속에서 수많은 결정을 하며 살아갑니다. 지호가 10초 뒤의 미래를 보면서도 쉽게 선택하지 못하는 모습은 미래를 알지 못한 채 고민하는 우리들의 모습과 닮아 있다고 생각했습니다. 특별한 능력보다 중요한 것은 완벽한 예측이 아닌 순간의 선택과 용기임을 전하고자 했습니다. 지호의 이야기를 통해 진짜 영웅이란 미래를 아는 사람이 아니라 지금의 선택으로 더 나은 내일을 만들어 가는 사람임을 강조하고 싶었습니다.

작품을 쓰는 과정에서 여러 차례 수정하며 이야기를 다듬는 일이 쉽지는 않았지만 한 편의 이야기를 끝까지 완성해 냈다는 점에서 의미 있는 경험이 되었습니다. '초의 끝에서'가 잠시 멈춰 서서 여러분의 현재와 미래를 돌아보는 계기가 되었기를 바랍니다. 읽어주셔서 감사합니다.

꿈을 찾는 소녀

이해빈

소울은 교실 창가에 앉아 멍하니 하늘을 바라보았다. 고등학교 2학년, 수능까지 1년 반 정도 남은 지금. 선생님은 진로 희망 상담서를 채우라고 했지만 소울의 종이는 여전히 비어 있었다.

"야, 너 아직도 안 썼어? 빨리 써. 선생님 오신다."

옆자리 친구 윤아가 속삭였다. 윤아의 종이에는 '간호사'라고 적혀 있었다. 다들 뭔가를 쓴 상태였다. 연구원, 교사, 여러 개의 학과… 모두가 자신의 미래에 대해 뚜렷한 생각을 가지고 있는 것 같았다.

소울은 펜을 들었다 놓았다를 반복했다. 하고 싶은 게 없었다. 잘하는 것도, 좋아하는 것도, 흥미 있는 것도 딱히 없었다. 그냥 하루하루를 보냈다. 학교에 가고, 집에 와서 자고, 친구를 만나고. 반복되는 일상에서 소울은 점점 투명해지는 기분이었다.

"소울아, 너 진로 희망이 아예 없어?"
담임 선생님이 소울의 앞에 섰다.
"아직 생각 중이에요."
"벌써 2학년인데 이제는 진로를 정해야지. 시간 얼마 안 남았다?"
선생님은 착잡한 표정으로 지나갔다. 소울은 종이를 빤히 바라봤다.

방과 후, 소울은 집으로 가지 않고 집 근처 공원으로 향했다. 벤치에 앉아 멍하니 하늘을 보았다. 석양이 지고 있는 하늘이 예쁘다고 생각했지만, 그뿐이었다. 가슴이 뛰지 않았다.
"이대로 괜찮을까…."
혼잣말이 공중에 흩어졌다.

다음 날 밤 8시, 소울은 편의점에서 아르바이트 중이었다. 주말마다 하는 알바였다. 학교에 다니며 하는 것이 크게 없어

용돈이라도 벌어야겠다는 생각이었다.

손님이 거의 없는 한가한 시간, 갑자기 편의점 문이 열렸다. 아니, 열린 게 아니었다. 들어온 사람 없이 문만 그냥 열렸다.

"뭐야?"

소울이가 카운터에서 몸을 내밀었을 때, 눈앞에 한 여자가 나타났다. 말 그대로 '나타났다'. 아무도 없었는데 갑자기. 소울은 비명을 지르려다가 목이 막혔다.

그 여자는 20대 초반쯤 보이는 긴 머리의 여성이었다. 흰색 반팔티에 회색 바지를 입고 있었다. 집 앞에 나오는 평범한 차림이었지만 눈빛만큼은 평범하지 않았다. 잠깐 마주친 눈이었지만 그녀의 눈은 깊고 하늘의 별을 본 것처럼 한없이 빛나고 있었다.

"놀랐지? 미안. 익숙해지려면 시간이 좀 걸릴 거야."

여자가 웃으며 말했다.

소울은 뒷걸음을 쳤다.

"누구세요? 어떻게 갑자기…."

"순간이동이야. 내 능력 중 하나거든. 아, 자기소개부터 할게. 난 가온. 히어로야."

"히어로요? 영화에 나오는?"

"비슷하긴 해. 비록 난 영화엔 안 나오지만."

가온은 손을 살짝 들었다. 그러자 진열대 위의 과자 봉지가 둥둥 떠올라 소울 앞에 내려앉았다. 소울은 입을 다물지 못하고 그저 바라만 보고 있었다.

"이거 꿈이죠? 말이 안 되는데….”

"아니야, 이거 현실 맞아. 너한테 할 얘기가 있어서 왔어. 소울아.”

자기 이름을 듣는 순간, 소울은 오싹함을 느꼈다.

"어떻게 제 이름을….”

"명찰에 적혀 있는데? 이소울. 소울아, 너 요즘 힘들지?”

가온은 카운터 앞에 기대며 소울이를 똑바로 바라봤다. 그 눈빛은 여전히 깊게 빛나고 있었다.

"힘든 건 아니에요. 그냥….”

"그냥 방향을 모르겠지. 뭘 해야 할지, 뭘 하고 싶은지.”

소울은 대답하지 못했다.

가온이 소울의 생각을 읽은 듯 정확하게 얘기했다.

"나도 그랬어. 고등학생 때.”

가온은 과자 봉지를 뜯으며 말을 이었다.

"나도 너처럼 어떤 것에도 흥미를 느끼지 못했어. 남들은 다 재밌다며 하는 일에도 아무 감흥이 없었고, 마치 투명 인간 같다고 느꼈지. 그러다가 갑자기 이런 능력이 생겼어. 염력, 순간이동 같은 능력이 생기니까 세상이 다르게 보이더라고. 그때부터 사는 게 달라지기 시작했어."

"그게 저랑 무슨 상관이에요?"

"아무튼 너를 도와주러 왔어. 네가 네 꿈을 찾을 수 있게."

소울은 어이가 없었다.

"꿈을 찾아준다고요? 저한텐 능력도 없는데 갑자기요?"

"안 될 것 같지? 하지만 난 할 수 있어. 앞으로 한 달 동안 내가 새로운 경험을 하게 해줄게. 넌 그곳에서 네가 진짜 원하는 게 뭔지 알게 될 거야."

가온은 손을 내밀었다.

"나를 한번 믿어볼래?"

소울은 망설였다. 전날 잠을 제대로 자지 못해서 헛것을 보나, 생각했다. 이건 말도 안 되는 상황이었다. 하지만 이상하게 저 여자가 하는 말에 마음이 끌렸다. 갑자기 나타났지만 자기를 구해줄 수 있을 것 같은 느낌이 들었다.

소울은 천천히 손을 내밀었다.

월요일의 방과 후, 가온은 편의점에서의 약속대로 소울의 학교 앞에 나타났다. 이번에는 걸어서 눈앞으로 다가왔다. 소울이 역시 '그때 봤던 건 잠이 부족해서 그랬던 거겠지?'라고 생각하던 중 가온이 말을 걸었다.

"준비됐어?"

"무슨 준비요?"

"네가 하고 싶은 걸 찾을 준비."

가온이 손가락을 튕겼다. 그 순간 세상이 멈췄다. 걷던 학생들이 그 자리에 멈춰 섰고, 바람에 흔들리던 나뭇잎이 그대로 멈췄다. 쉴 새 없이 울던 매미 소리도 멈췄다.

"언니 저 또 꿈꾸는 거예요? 이게 말이 돼요?"

"꿈 아니야. 이거 다 진짜야. 여기에선 우리만 움직일 수 있어. 한 시간 정도 유지할 수 있지. 자, 가보자!"

가온은 소울의 손을 잡고 학교 안으로 다시 들어갔다. 복도에는 웃던 얼굴로 멈춰 있는 친구들이 보였고, 저 멀리서는 달리던 채로 멈춰 있는 학생들이 보였다.

"무서워요….."

"무서울 거 없어. 아무도 우리를 못 보니까. 자, 이제 네가 평소에 못 했던 걸 해봐."

"진짜 다 해도 돼요?"

"그림을 그리고 싶으면 미술실에 가도 되고, 피아노를 치고 싶으면 음악실에 가도 돼. 교장실에 어떤 게 있는지 궁금하면 보러 가도 되고. 이 시간은 오롯이 네 거야."

소울은 고민을 하며 멍하니 서 있다가, 천천히 걷기 시작했다. 먼저 음악실로 향했다. 만지지 못하고 항상 보기만 했던 기타 앞으로 향했다.

소울은 조심스럽게 기타를 들어 의자에 앉았다. 줄을 튕기자, 소리가 울렸다. 정지된 세계에서도 소리는 났다.

"어릴 때 티비에 나오는 기타 치면서 노래하는 사람들을 보면서 기타를 배우고 싶었어요. 근데 엄마가 돈이 없다고… 그래서 그냥 포기했어요."

소울은 줄을 아무렇게나 튕겼다. 엉망진창이었지만, 이상하게 재밌었다.

"지금이라도 배우면 되지 않을까?"

가온이 옆에 앉으며 말했다.

"이제 와서요? 취미로 하기에도, 입시로 하기에도 너무 늦은 것 같은데…."

"왜 안 돼? 늦은 건 없어. 시작하고 싶으면 시작하는 거야. 한 달만 이렇게 지내보자. 너한테 많은 경험을 하게 해줄게."

소울은 대답하지 않고 계속 줄을 튕겼다. 그리고 자신이 웃고 있다는 걸 깨달았다.

　일주일 후, 가온은 소울이를 옥상으로 데려갔다.

　"오늘은 특별히 염력을 보여줄게."

　가온이 손을 들자 소울의 몸이 둥둥 떠올랐다.

　"언니! 내려주세요!"

　"괜찮아. 내가 조종하고 있으니까 힘 빼고 편하게 구경해."

　소울은 공중에 떠서 천천히 학교 주변을 날았다. 아니, 가온의 염력에 의해 이동했다. 저 멀리 도시 풍경이 보였고, 마음을 풀 때 자주 찾아갔던 공원도 보였다. 멀리서 본 초록의 나무가 가득한 그곳은 아름다웠다.

　"와…."

　소울은 처음으로 감탄했다. 진심으로.

　"세상은 네가 생각하는 것보다 넓어. 그리고 아름다워. 너는 그냥 아직 마음을 열어 제대로 본 적이 없을 뿐이야."

　가온이 옆에서 함께 떠서 말했다.

　"저는 제가 왜 이렇게 무능력한지 모르겠어요. 다른 애들은 자기 꿈 찾아서 다 열심히 사는 것 같은데."

　"그건 네가 아직 네 이유를 찾지 못했기 때문이야. 사람들은 각자의 타이밍이 있어. 누구는 일찍 찾고, 누구는 늦게 찾지. 그저 시기의 문제일 뿐이야."

"그럼 언니는 언제 찾았어요?"

"나는 스물한 살쯤? 네가 생각하는 것처럼 한참 늦었지. 고등학교를 졸업하고, 성적 맞춰서 간 학교도 휴학하고, 알바만 하며 방황하다가 이 능력이 생기고 나서야 깨달았어. 내가 진짜 하고 싶은 게 뭔지."

"뭔데요?"

"사람을 돕는 것. 특히 너처럼 길을 헤매고 있는 사람들."

가온은 소울을 천천히 옥상으로 내려놓았다.

"소울아, 너는 아직 많은 걸 시도해 보지 않았어. 두려워서, 혹은 귀찮아서. 그래서 네가 뭘 좋아하는지도 모르는 거야. 이번 한 달 동안, 내가 너를 여러 경험을 하게 도와줄게. 그중에 네가 반짝이는 순간이 있을 거야."

그다음 주말 낮, 지난 일주일과 같이 가온은 소울의 앞에 나타났다. 이번엔 순간이동으로 소울의 방으로 갑자기 나타났다.

"가자! 너한테 보여주고 싶은 곳이 있어."

"지금요? 저 저녁에 알바 가야 하는데."

"괜찮아. 시간 맞춰서 돌아오면 돼."

가온은 소울의 손을 잡았다. 그리고 순식간에 둘은 다른 곳에 있었다.

"여기가 어디예요?"

소울은 눈을 떴다. 공원이다. 눈 앞엔 넓은 잔디밭이 펼쳐져 있고, 키 큰 나무들이 줄을 지어 서 있었다.

"와 공기 좋다… 근데 언니, 여기 외국 아니에요?"

"응, 여기 미국에 있는 센트럴파크야."

"아니, 외국으로도 순간이동 할 수 있는 거였어요? 그럼 저 가고 싶은 곳 많은 것 같은데!"

"네가 공원에 있을 때 마음을 제일 편하게 하고 있는 것 같아서 데려왔어. 어때? 외국 공원은 또 다르지?"

소울은 여태 느끼지 못했던 해방감을 느꼈다. 공원은 소울이 느끼는 유일한 마음의 쉼터 같은 곳이었다. 주변의 풍경을 눈으로 천천히 담았다. 가온은 또 한 번 뿌듯함을 느꼈다. 그동안 지켜본 소울은 공원에 있을 때 가장 자유로워 보였다. 그래서 그 모습을 소울 본인에게도 알려주고 싶었다.

약 20일 정도의 시간이 지나는 동안, 소울은 조금씩 달라졌다. 가온과의 짧은 멈춘 세상은 계속됐다. 어느 날은 시간을 멈추고 도서관에서 온종일 책을 읽었고, 어느 날은 염력으로 공중에 떠서 별을 봤고, 어느 날은 프랑스로 가서 에펠탑을 구경하였다.

그리고 소울은 깨달았다. 자신이 세상에 대해 너무 몰랐다는 것을. 시도해 보지 않아서, 두려워서 시야를 너무 좁게 두고 살았다는 것을.

　학교에서도 변화가 보였다.
　"소울아, 너 요즘 무슨 좋은 일 있어? 표정이 완전히 밝아졌어."
　윤아가 물었다.
　"그래?"
　"응, 예전에는 맨날 멍때렸잖아. 근데 요즘엔 눈에 생기가 도는 것 같고, 진짜 살아 있는 것 같아."
　소울은 웃었다. 그리고 그날, 처음으로 자신이 하고 싶은 것에 대해 생각했다.
　'나는 뭘 하고 싶은 걸까?'
　기타를 칠 때 즐거웠다. 책을 읽을 때 빠져들었다. 그림을 그릴 때 평온했다. 하지만 이것들이 직업이 될 수 있을까?

　가온은 그날 밤 다시 나타났다.
　"고민되지?"
　"응… 좋아하는 건 알겠는데, 이게 꿈이 될 수 있을까 싶어."

"꿈이 뭐라고 생각해?"

"직업 아니야?"

"꼭 그런 건 아니야. 꿈은 네가 살아가는 이유야. 네가 아침에 일어나고 싶게 만드는 것. 그게 직업일 수도 있고, 아닐 수도 있어."

가온은 소울 옆에 앉았다.

"난 히어로가 직업이 아니야. 능력은 있지만, 이걸로 돈을 벌진 않아. 난 낮에는 학원에서 아이들을 가르쳐. 하지만 내 꿈은 사람들을 돕는 거고, 그래서 저녁이 되어서야 이렇게 널 보러 오는 거지."

"그럼 나는….."

"너는 네가 좋아하는 것들을 하면서 삶을 살아가는 법을 찾으면 돼. 기타를 배우고, 여행을 다니고, 책을 읽으면서. 그러다 보면 네가 진짜 하고 싶은 게 보일 거야. 내가 본 너는 공원에 있을 때 가장 행복해 보였어. 마음을 놓아 온전히 네가 되는 것 같기도 해 보이고."

8월 한 달이 지났다. 가온이 말했던 약속의 기간이 끝나는 날.

"오늘이 마지막이야."

가온이 학교 옥상에서 말했다.

"왜? 계속 볼 수 있는 거 아니야?"

"넌 이제 내가 없이도 혼자서도 충분히 걸을 수 있어."

"하지만…."

"소울아, 나는 너에게 능력을 준 게 아니야. 네 안에 있던 걸 꺼내준 거야. 세상을 보는 눈, 시도하는 용기, 혼자서도 해낼 수 있다는 자신감. 그건 원래 다 네 거였어."

가온은 소울의 어깨를 다독였다.

"이제 네가 직접 걸어가며 돼. 네 다리로."

"두려워. 실패할까 봐…."

"당연히 두려울 수 있어. 나도 가끔 무서워. 하지만 괜찮아. 무서워도 걷는 거야."

가온은 마지막으로 시간을 멈췄다. 정지된 세상에서의 둘만의 시간.

"한 달 동안 고마웠어. 나도 너를 만나서 내가 하는 행동에 대해 또 한 번 많은 걸 느낄 수 있게 되었어."

"나야말로… 언니가 아니었으면 계속 그렇게 살았을 거야. 그냥 하루하루 아무 의미 없이."

"아니야. 너는 언젠가 스스로 일어섰을 거야. 나는 그냥 조금 앞당긴 것뿐이야."

둘은 정지된 세계에서 한참을 앉아 있었다. 그리고 가온이 손가락을 튕기자, 세상이 다시 움직이기 시작했다.

"안녕, 소울아."

가온이 사라졌다.

그 후로 3개월이 지났다. 소울은 기타 학원에 등록했다. 다른 입시생들에 비해 늦게 시작하는 것이 부끄럽기도 했지만, 자신은 취미로만 할 것이기에 아무 상관없다고 생각했다. 주말에는 새로운 공원에 찾아갔다. 사진을 찍고, 눈으로도 담았다.

진로 희망 종이에는 '조경사'라고 썼다. 가온과 함께한 시간에서 가장 크게 다가왔던 건 공원에서 보낸 시간이었다. 그곳에서 가장 안정감을 느꼈고, 마음을 놓을 수 있었다. 그 후로도 여러 공원을 다녀보니 그런 공원을 직접 구성해 보고 싶다는 생각이 들어 조경사라는 직업, 꿈까지 가지게 되었다.

어느 날 밤, 소울은 일기를 썼다.

'가온이 언니 잘 지내? 나는 요즘 바빠. 학교 끝나고 기타 배우고, 주말에는 여러 공원 찾아다니고, 공부도 열심히 하고. 하지만 아직도 가끔 두려워. 이 길이 맞는 건지, 잘하고 있는 건지. 하지만 언니 말대로 무서워도 걷고 있어. 가끔 언니를 생각하면서.

고마워. 나한테 넓은 세상을 보여줘서. 그리고 세상을 넓게 보는 시야를 가지게 해줘서. 늦은 건 없다고, 지금이 시작이어도 충분하다고 알려줘서.

언니랑 다니는 공원이 재밌어서, 공원을 계속 찾아봤어. 공원은 혼자 가도 마음이 편해지고 기분이 좋더라. 그러다 공원을 만들고, 구성하는 조경사라는 직업이 있다는 걸 알게 됐어. 작은 꿈이라도 꿔서 다행이라는 생각을 해. 제대로 걸어가고 있다는 생각이 드니까.

나도 언젠가 언니처럼 누군가를 도울 수 있는 사람이 될게. 비록 능력은 없지만 내 방식대로.'

일기장을 덮고 창밖을 보니, 별이 빛나고 있었다. 소울은 웃으며 내일을 기다렸다.

안녕하세요. 꿈뜨락애 2학년 이해빈입니다. '꿈을 찾는 소녀'는 꿈이 없는 소녀에게 하늘의 선물 같은 영웅이 나타나 온 세상을 누비며 꿈을 찾아주는 이야기입니다.

소설을 써가며 생각을 표현할 때에는 구성이 가장 중요하다는 것을 느꼈습니다. 초반에는 하고 싶은 말은 많은데 이를 어떻게 담아낼지 고민하는 것에 거의 모든 시간을 소비했습니다. 하지만 이렇게 해서는 기한 내에 제출은 커녕 한 글자도 못 쓸 것이라는 생각이 들어 대안을 찾을 수밖에 없었습니다. 그래서 생각해 본 방법이 떠오르는 생각을 모두 쓰고 그 생각으로 소설이라는 형식의 타임라인을 만드는 것이었습니다. 짜임새 있는 소설을 쓰려면 개연성이 가장 중요하다고 생각했습니다. 생각을 적은 타임라인이라는 뼈대에 주인공의 성격을 잘 드러내는 문장, 상황을 묘사하는 문장 등의 살을 덧붙여 소설을 완성해 낼 수 있었습니다.

저는 작년까지만 해도 꿈이 없었습니다. 주인공 소울처럼 그저 학교를 다니며 하루하루를 의미 없이 보내기만 했습니다. 여러분은 꿈이 있으신가요? 꿈이라는 건 세상을 넓게 바라볼 수 있게 해줍니다. 꿈이 없다면 가깝고 작은 세상부터 바라보세요. 무엇이든 작은 것부터 천천히 시작해야 비로소 큰 것을 얻을 수 있습니다. 저도 주인공 소울처럼 공원을 거닐며 위안을 얻었습니다. 저의 가장 가까운 세상인 공원에서 큰 세상으로 나아가기 위한 꿈을 찾은 겁니다.

어쩌면 나의 삶의 영웅은 나일지도 모르겠습니다. 영웅을 믿고, 나를 믿으며 어려운 세상을 살아갈 당신을 응원합니다!

밤을 걷는 꿈

정채원

　집 안이 잠잠해지면, 오히려 머리가 복잡해진다.

　숙제도 끝났고, 학원 문제집도 내일까지 할 건 다 했는데 잠이 오지 않는다.

　휴대폰 화면을 내려놓았지만, 마음은 쉬지 않았다.

　조용한 방, 책상 위에 덜 마른 볼펜 잉크, 가끔 울리는 냉장고 소리.

　그 모든 게 오늘 하루가 끝났다는 사실을 알려주고 있었다.

　그렇지만 하린의 하루는 끝날 기미가 안 보인다.

　하린은 침대 위에서 천장을 바라봤다.

　초침 소리가 또렷이 들린다.

　마치 시간이 내 신경을 깨우는 것 같다.

딱, 딱, 딱.

하루가 지나고, 또 지나간다.
뭘 하고 있는 건지 확신이 안 생긴다.
잘하고 싶은데, 뭘 잘하고 싶은 건지도 모르겠다.

가끔은 누가 방향을 정해 줬으면 좋겠다는 생각이 든다.
그러면서도, 그게 싫다.
누가 대신 정해 주는 삶이라면, 내가 사라지는 기분일 테니
까. 난 어떻게 하고 싶은 걸까. 내가 진정으로 원하는 삶은 뭐
지? 어른들은 이런 고민들을 어떻게 해결하고 살아가는 걸까.

긴 숨을 들이쉬고 눈을 감았다.
오늘도 잠들기까지 조금 오래 걸릴 것 같다는 생각이 들었
다. 언제쯤이면 누워서도 아무 걱정 없이 잠들 수 있을까?

그때였다.
희미하게, 누군가 웃는 소리가 들렸다.
가볍고 맑은 웃음.
현실과 꿈 사이 어디쯤 울리는 느낌.
하린은 눈을 떴다.

눈을 뜬 순간, 바람이 얼굴을 스친다.

은은한 흙냄새, 젖은 풀잎 향, 어둠 속에서 부서지는 별빛.

뭐지? 여기는… 방이 아니다.

잔디밭 위에 누워 있었다.

하린은 천천히 기지개를 켜고 일어나며 주변을 둘러봤다.

넓은 들판 위였다.

아무 소리도 없는 밤.

별들이 빽빽하게 걸려 있다. 밤하늘이 잘 보이지 않을 정도로 말이다.

당장이라도 쏟아질 것 같은 별들은 손을 뻗으면 닿을 것처럼 가까웠다. 홀릴 것처럼 아름다운 밤하늘을 바라보며 무심결에 하늘을 향해 손을 뻗었다. 여기서는 별도 딸 수 있을 것만 같았으니까.

'마음 놓고 밤하늘을 보던 게 언제였지?' 하고 생각에 잠겨 있을 때, 어디선가 목소리가 들린다.

"일어났네."

낯선 목소리에 고개를 돌렸다.

소년이 앉아 있었다.

달빛에 젖은 것 같은 머리카락이 부드럽게 흩날리고 있었다.

하린이 바라본 소년은 동화 속에나 나올 것 같은 빛나는 모습을 하고 있었다.

"… 어디야 여기는?"

하린은 조심스럽게 물었다.

소년은 어깨를 으쓱했다.

"글쎄. 그냥… 네가 온 곳?"

대답 같지 않은 대답.

근데 어쩐지 위화감이 없었다.

하린은 눈썹을 찌푸렸지만, 불안하지 않았다. 밤하늘이 아름다워서일까, 소년이 빛나서일까.

"난 서준이야."

소년이 먼저 손을 내밀었다.

"너는?"

"하린."

짧은 대답이었다.

서준은 이름을 천천히 굴려보며 말했다.

"뭔가… 밝은 느낌의 이름이네. 너랑 잘 어울린다."

하린은 대답하지 않았지만, 입술이 아주 조금 올라갔다.

'내 이름은 밝지만 나는 밝지 않아.'라는 말이 목끝까지 차오른 하린이지만, 너무나도 빛나는 소년의 모습에 차마 이 말을 꺼내지 못했다.

생각해 보면 하린은 일상 속에서 평범한 고등학생으로 살아가고 있었다. 항상 자신을 응원해 주고 격려해 주시는 부모님, 언제나 내 편인 든든한 친구들. 그렇지만 그 누구에게도 이런 고민을 털어놓기는 쉽지 않았다. 이들 모두 저마다의 고민이 있을 것을 알기에. 오늘도 이곳에 오기 전까지의 하린은 누군가에게 털어놓고 싶은 마음을 꾹꾹 누르며 잠들었던 것이다.

이곳에서만이라도 편안한 마음이고 싶다는 생각을 할 때였다. 소년은 생각에 잠긴 하린을 바라보더니, 의외의 말이 소년에게서 흘러나왔다.

"요즘 불안했지? 모든 게 지치고 무기력한 거 말이야."

갑작스러운 말에 하린은 움찔했다.

"… 그런가 봐. 사실 지금도 그래."

하린은 멋쩍게 미소 짓는다.

서준이 고개를 젓는다.
"괜찮아. 여기서는 그런 거 잠시 내려놔도 돼. 그러려고 네가 여기 온 거야."
그 말은 가벼운데, 이상하게 깊다는 생각도 들었다.
하린은 조용히 숨을 들이쉬었다.

달빛이 잔디 위에 길게 흐르고 있었다. 그 모습은 너무나도 찬란해서 오래도록 기억하고 싶었다.
이곳이 현실인지, 꿈인지 잘 모르겠다.
하지만 지금 만큼은 따지고 싶지 않았다.
그렇게 하린과 서준의 이야기가 시작되었다.
그날 이후, 하린은 잠들면 이곳으로 왔다.
매번 같은 잔디, 같은 바람, 같은 하늘.

오늘도 서준은 들판 한가운데 서 있었다.
이곳도 익숙해지고 마음도 편안해지고 있었다.
하린이 다가가자 서준이 손짓했다.
"오늘은 걷자."
"말 없이 걷는 거, 좋아해?"

하린이 물었다.

"응. 말이 많아질수록 생각이 산만해지더라. 너도 그렇지 않아?"

하린은 그 말에 조용히 웃었다. 처음에 이곳에 왔을 때는 모든 게 낯설었는데 이젠 편안하고 든든한 공간이다.

둘은 천천히 걸었다.

잔디가 발목을 스치고, 바람이 머리카락을 정리해 준다.

가끔 별이 하나 떨어지는 듯, 희미한 빛이 스친다. 하린은 이곳에서 보이는 모든 풍경을 하나하나 기억에 남기고 싶다는 생각을 한다.

한참 걷다 하린이 입을 열었다. 이젠 조금 편해져서일까, 하린도 고민을 털어놓고 싶다는 생각이 들었다.

"내가 뭘 하고 있는 건지 잘 모르겠어. 다들 잘 가는 것 같은데, 나만 제자리 같고. 나만 이렇게 고민되고 불안한 거 같아서 두려워."

서준은 대답하기 전에 잠시 하늘을 올려다봤다.

"다들 잘 가는 게 아니야. 그냥 가는 거지."

"… 그럼 난 왜 이렇게 뒤처지는 기분일까. 나도 잘해야 한다는 마음 때문에 초조해지는 것 같아."

"남들이 뛰고 있다고 해서, 너도 뛰어야 하는 건 아니잖아."

'내가 왜 이걸 생각하지 못했지?'

하린이 멈춰 섰다.

서준도 걸음을 멈췄다.

"하린아."

"응?"

"지금은 그냥, 네가 네 속도로 자라는 중이야. 너무 초조해하지 마. 너도, 나도 각자 다른 속도로 나아가고 있으니까."

갑자기 가슴이 따뜻해졌다.

순간 울컥해 눈물이 찔끔 날 뻔해서 하린은 고개를 돌렸다.

"네가 그렇게 말하니까 진짜 그런 것 같네."

"원래 그래. 그 말이 누군가한테 닿으면, 그 순간 현실이 되니까. 그러니까 힘내라고-."

하린은 피식 웃었다.

따뜻하고 어딘가 편안해 보이는 모습으로.

오늘 밤은 이상하게 시간이 천천히 흐르는 것만 같았다.

그리고, 하린은 처음으로 마음속에 묵직하면서도 따뜻한

힘이 생긴 걸 느꼈다.

'아– 이 꿈에서 깨고 싶지 않을 정도로 포근하다.'

현실은 여전히 바쁘다.

문제집, 발표 준비, 수행평가, 시험, 친구 관계, 부모님의 기대.

하지만 하린은 조금 달라졌다.

아침에 눈을 뜨고, 책상에 앉았을 때

예전처럼 긴장부터 하지 않았다.

첫 줄을 채우기 전에 숨을 한번 내쉬었다.

수업 시간에 틀릴까 봐 손을 들지 못하던 하린이었지만

오늘은 손을 들었다.

대답이 완벽하지 않지만 괜찮았다.

선생님이 "좋은 생각이야."라고 말했을 때

가슴이 천천히 따뜻해졌다.

쉬는 시간에는 힘들어 보이는 친구 옆에 가서 말없이 종이를 접어주었다.

작은 종이배였다. 그리고 달달한 간식도 하나 챙겨주었다.

"너무 마음 쓰지 말고, 당 떨어지면 하나 먹어."

친구는 그걸 보고 웃었다.

그게 다였는데, 이상하게 마음이 편해졌다.

밤이 되었다.

이제는 불을 끄고도 많은 생각 없이 눈을 감을 수 있었다.

쉴 수 있다는 사실이 낯설었지만 좋았다. 여전히 여러 고민들이 있지만, 해야 할 때는 열심히 최선을 다하고 쉬는 시간에는 누구보다도 잘 쉬는 법을 배우게 되었다.

조금씩, 괜찮아지는 느낌.

내가 성장했다는 걸 체감한다. 꿈속의 공간과 서준이 나를 많이 변하게 해줬다. 며칠간 그 공간에 가지 못했는데, 오랜만에 그 공간에 가고 싶다는 생각과 함께 잠이 들었다.

그날 밤, 하린은 오랜만에 별들이 쏟아지는 들판에 섰다.

서준이 조용히 앉아 있었다. 멀리서 손을 흔드는 서준의 모습이 보인다.

하린은 미소를 지으며 서준에게 다가간다.

"잘 지냈어, 요즘엔 어때?"

하린은 잠시 하늘을 보고 대답했다.

"조금… 덜 복잡해."

"그거면 충분하지."

"너 덕분이야. 고마워."

"아냐…. 네 마음이 단단해진 거지."

둘은 서로를 보며 미소 지었다.

잠시 침묵이 흘렀다.

하린이 먼저 말했다.

"너랑 있으면 마음이 편했어. 꿈에서 깨고 싶지 않을 정도로…."

서준이 웃었다.

"지금도 편하잖아."

"응, 맞아."

서준이 천천히 일어났다.

"이제 너 혼자도 괜찮을 거야."

하린이 놀라서 서준을 바라봤다.

"가려는 거야? 아쉬워."

"떠나는 건 아니야."

서준이 하늘을 가리켰다.

"필요할 때 언제든 다시 볼 수 있어. 마음이 그곳을 기억하고 있으니까. 이 공간을 통해 네가 성장했다면 다행이야."

하린은 말없이 고개를 끄덕였다.

불안보다, 이상하게 차분한 힘이 더 컸다. 내가 성장했기 때문일까.

서준이 말한다.

"나도 즐거웠어. 잘 지내. 언제나 응원할게."

하린은 눈물을 참으며 대답한다.

"응, 고마웠어. 잊지 않을게. 보고 싶을 거야."

바람이 살짝 스쳤다.

별빛이 한 번 크게 깜빡였다.

그리고 하린은 눈을 감았다.

시간이 지났다.

직장을 다니면서 하린은 웃기도 하지만, 울기도 한다. 일에 치이며 살기도 하고 상사에게 혼이 나기도 한다.

그렇지만 이제 하린은 더 이상 흔들리는 아이가 아니다.

완벽하지 않아도 괜찮다는 걸 알게 된, 그런 어른이 되었다.

가끔은 밤에 창문을 열고 하늘을 바라본다.
어느 날엔 별이 훤히 잘 보이고,
어느 날엔 구름이 하늘을 뒤덮을 정도로 가득하지만,
둘 다 나쁘지 않다. 이제는 밤하늘을 바라보고 사진으로 기록하는 게 하나의 취미가 되었다.

걱정이 찾아오는 날도 종종 있다.
그러면 하린은 천천히 숨을 내쉰다.
그리고 생각한다.
천천히 가도 괜찮아. 나만의 속도로 걸어가자. 내가 가장 잘하는 방식으로.
이제 하린은 지치는 날에도 스스로를 위로할 수 있다. 타인이 힘들어할 때도 기꺼이 제 어깨를 빌려줄 수 있는 어른이 되었다.

어릴 적의 그 밤,
잔디밭에 누워 별을 바라보던 기억은 아직도 선명하다. 그 기억은 잊지 못할 정도로 찬란했다. 몸도 마음도 성숙하지 못했던 하린이지만, 자신만의 속도로 나아갔다.

지금도 완벽하지는 않지만 주변 사람과 함께 힘이 되어주며 살아간다.

누군가 옆에 있어주는 것만으로도 마음이 달라졌던 그 순간. 그 기억이 살아서 지금의 하린은 누군가 옆에 조용히 앉아줄 수 있는 사람이다.

지금도 어딘가에서 또 다른 하린들이 혼자라고 생각하며 밤을 버티고 있을 것이다.

누구도 보지 않지만, 조용히 마음을 붙잡고 있는 사람들. 어디로 가야 할지 몰라하며 불안해할 것이다.

그렇지만 그들도 언젠가 자기만의 하늘을 만날 것이다.

그들에게 하린은 이런 말을 건네주고 싶다. 나의 속도로 천천히 걸어가다 보면 언젠가는 마음 놓고 웃을 일이 분명히 올 거라고. 우리 모두 행복할 자격이 있다고 말이다.

그리고 하린은 안다.

학생 때의 그 시간은 결코 헛되지 않다는 걸. 무언가를 진심으로 열심히 하고, 친구들과 함께하는 시간들은 그것만으로도 찬란하다는 것을.

오히려 소중하고 잊지 못할, 자신을 성장하게 해준 기억이 라는 것을. -

쏟아져 내리던 별이 보이던 밤하늘,
그리고 반짝이던 달빛이 그리운 밤이다.

안녕하세요. 꿈뜨락애 1학년 정채원입니다. 어느새 이 글을 끝내게 되었네요. 글을 구상할 때까지만 하더라도 정식으로 책을 출판하는 건 처음이라, 잘 해낼 수 있을지에 대한 설렘과 막연한 두려움도 존재했습니다. 짧고도 긴 여정을 거치고 잘 마무리할 수 있게 되어 기쁩니다.

『밤을 걷는 꿈』은 영웅을 주제로 한 단편소설입니다. 주인공 하린은 학업과 인간관계에 지쳐 잠에도 쉽게 들지 못하던 청소년이었는데요, 꿈에서 서준을 만나 불안에서 벗어나고 진정한 어른으로 성장해 나가는 과정을 담았습니다. 여기서 제가 생각하는 영웅은 서준이기도 합니다. 이런저런 걱정에 힘들어하는 하린을 꿈속에서 만나 위로해 주고, 성장할 수 있게 이끌어 준 인물이니까요. 그렇지만 다른 관점에서 보면 하린 또한 영웅입니다. 힘들어하는 친구를 도와주기도 하고, 어른이 된 후 다른 곳에서 힘들어하는 사람들에게 응원의 말을 건네기 때문입니다. 여러분은 누가 더 영웅인 것 같나요?

미래에 대한 막연한 불안과 걱정을 가지고 있는 청소년들이 자신이 할 일을 꾸준히 묵묵하게 해내다 보면 몸도 마음도 어른으로 성장할 것이라고, 같이 이 시기를 이겨내보자는 의미에서 창작했습니다. 청소년들을 응원하고 격려하는 마음에서도, 이 글을 읽을 때만큼은 편안히 읽을 수 있기를 바랐습니다. 제 마음이 조금이나마 전달되었기를 바랍니다.

지금도 어디선가 힘든 시기를 겪고 있을 분들께 이런 말을 전하고 싶습니다. 하린이 했던 말 중 하나인 '나의 속도로 천천히 걸어가다 보면 인젠가는 마음 놓고 웃을 일이 분명히 올 거라고. 우리 모두 행복할 자격이 있다고 말이다.' 이 구절처럼 독자분들도 자신만의 속도로 걸어가다 보면 언젠가는 좋은 일이 있을 거예요. 이 책을 통해 조금이나마 위안이 되셨기를 바라며, 이쯤에서 마무리하겠습니다. 모두들 행복하고 건강하세요. 감사합니다.